馬華文學批評大系：魏月萍

Malaysian Chinese Literary Criticism : Ngoi Guat Peng

魏月萍著

by Ngoi Guat Peng

Department of Chinese Linguistics & Literature,

Yuan Ze University, Taiwan.

馬華文學批評大系：魏月萍

主　　編：鍾怡雯、陳大為
本卷作者：魏月萍
編校小組：江劍聰、王碧華、莊國民、劉翌如、謝雯心
出版單位：元智大學中國語文學系
　　　　　桃園市中壢區遠東路 135 號
電　　話：03-4638800 轉 2706, 2707
網　　址：http://yzcl.tw
版　　次：2019 年 02 月初版
訂　　價：新台幣 350 元

Malaysian Chinese Literary Criticism : Ngoi Guat Peng
Editors : Choong Yee Voon & Chan Tah Wei
Author : Ngoi Guat Peng

國家圖書館出版品預行編目（CIP）資料

馬華文學批評大系：魏月萍 / 魏月萍著；
鍾怡雯, 陳大為主編. -- 初版. --
桃園市：元智大學中文系, 2019.02　　面；　公分

ISBN 978-986-6594-47-2(平裝)
1.海外華文文學 2.文學評論

850.92　　　　108001117

總序：殿堂

翻開方修（1922-2010）在一九七二年出版的《新馬華文文學大系（1919-1942）‧理論批評》，當可讀到一個「混沌初開」、充滿活力和焦慮、社論味道十足的大評論時代。作為一個國家的馬來亞尚未誕生，在此居住的無國籍華人為了「建設南國的文藝」，為了「南國文藝底方向」，以及「南洋文藝特徵之商榷」，眾多身分不可考的文人在各大報章上抒發高見，雖然多半是「赤道上的吶喊」，但也顯示了「文藝批評在南洋社會的需求」。[1]

這些「文學社論」的作者很有意思，他們真的把寫作視為經國之大業、不朽之盛事，披荊斬棘，開天闢地，為南國文藝奮戰。撰

---

[1] 本段括弧內的文字，依序為孫藝文、陳則矯、悠悠、如焚、拓哥、（陳）鍊青的評論文章篇名，發表於一九二五～三〇年間，皆收錄於方修《新馬華文文學大系（1919-1942）‧理論批評》一書。此書所錄最早的一篇有關文學的評論，刊於一九二二年，故其真實的時間跨度為二十一年。

寫文學社論似乎成了文人與文化人的天職。據此看來，在那個相對單純的年代，文學閱讀和評論是崇高的，在有限的報章資訊流量中，文學佔有美好的比例。

年屆五十的方修，按照他對新馬華文文學史的架構，編排了這二十一年的新馬文學評論，總計 1,104 頁，以概念性的通論和議題討論的文學社論為主，透過眾人之筆，清晰的呈現了文藝思潮之興替，也保存了很多珍貴的文獻。方修花了極大的力氣來保存一個自己幾乎徹底錯過的時代[2]，也因此建立了完全屬於他的馬華文學版圖。沒有方修大系，馬華文學批評史恐怕得斷頭。

苗秀（1920-1980）編選的《新馬華文文學大系（1945-1965）• 理論》比方修早一年登場，選文跳過因日軍佔領而空白的兩年（1943-1944），從戰後開始編選，採單元化分輯。很巧合的，跟第一套大系同樣二十一年，單卷，669 頁。兩者最大的差異有二：方修大系面對草創期的新馬文壇氣候未成，幾無大家或大作可評，故多屬綜論與高談；苗秀編大系時，中堅世代漸成氣候，亦有新人崛起，可評析的文集較前期多了些。其次，撰寫評論的作家也增加了，雖說是土法煉鐵，卻交出不少長篇幅的作家或作品專論。作家很快成為一九五〇、六〇年代馬華文學評論的主力，文學社論也逐步轉型為較正式的文學評論。

二〇〇四年，謝川成（1958-）主編的第三套大系《馬華文學大

---

[2] 方修生於廣東潮安縣，一九三八年南來巴生港工作。一九四一年，十九歲的方修進報社擔任見習記者，那是他對文字工作的初體驗。

系・評論（1965-1996）》（單卷，491 頁）面世，實際收錄二十四年的評論[3]，見證了「作家評論」到「學者論文」的過渡。這段時間還算得上文學評論的高峰期，各世代作家都有撰寫評論的能力，在方法學上略有提升，也出現少數由學者撰寫的學術論文。作家評論跟學者論文彼消此長的趨勢，隱藏其中。此一趨勢反映在比謝氏大系同年登場（略早幾個月出版）的另一部評論選集《馬華文學讀本 II：赤道回聲》（單卷，677 頁），此書由陳大為（1969-）、鍾怡雯（1969-）、胡金倫（1971-）合編，時間跨度十四年（1990-2003），以學術論文為主[4]，正式宣告馬華文學進入學術論述的年代，同時也體現了國外學者的參與。赤道形聲迴盪之處，其實是一座初步成形的馬華文學評論殿堂。

一九九〇年代後期是個轉捩點，幾個從事現代文學研究的博士生陸續畢業，以新銳學者身分投入原本乏人問津的馬華文學研究，為初試啼音的幾場超大型馬華文學國際會議添加火力，也讓馬華文學評論得以擺脫大陸學界那種降低門檻的友情評論；其次，大馬本地中文系學生開始關注馬華文學評論，再加上撰寫畢業論文的參考需求，他們希望讀到更為嚴謹的學術論文。這本內容很硬的《赤道回聲》不到兩年便銷售一空。新銳學者和年輕學子這兩股新興力量的注入，對馬華文學研究的「殿堂化」產生推波助瀾的作用。

這四部內文合計 2,941 頁的選集，可視為二十世紀馬華文學評論

[3] 此書最早收入的一篇刊於一九七三年，完全沒有收入一九六〇年代的評論。

[4] 全書收錄三十六篇論文（其中七篇為國外學者所撰），三篇文學現象概述。

的成果大展，或者成長史。

殿堂化意味著評論界的質變，實乃兩刃之劍。

自二十一世紀以來，撰寫評論的馬華作家不斷減少，最後只剩張光達（1965-）一人獨撐，其實他的評論早已學術化，根本就是一位在野的學者，其論文理當歸屬於學術殿堂。馬華作家在文學評論上的退場，無形中削弱了馬華文壇的活力，那不是《蕉風》等一兩本文學雜誌社可以力挽狂瀾的。最近幾年的馬華文壇風平浪靜，國內外有關馬華文學的學術論文產值穩定攀升，馬華文學研究的小殿堂於焉成形，令人亦喜亦憂。

這套《馬華文學批評大系》是為了紀念馬華文學百年而編，最初完成的預選篇目是沿用《赤道回聲》的架構，分成四大冊。後來發現大部分的論文集中在少數學者身上，馬華文學評論已成為一張殿堂裡的圓桌，或許，「一人獨立成卷」的編選形式，更能突顯殿堂化的趨勢。其次，名之為「文學批評大系」，也在強調它在方法學、理論應用、批評視野上的進階，有別於前三套大系。

這套大系以長篇學術論文為主，短篇評論為輔，從陳鵬翔（1942-）在一九八九年發表的〈寫實兼寫意〉開始選起，迄今三十年。最終編成十一卷，內文總計 2,666 頁，跟前四部選集的總量相去不遠。這次收錄進來的長論主要出自個人論文集、學術期刊、國際會議，短評則選自文學雜誌、副刊、電子媒體。原則上，所有入選的論文皆保留原初刊載的格式，除非作者主動表示要修訂格式，或增訂內容。總計有三分之一的論文經過作者重新增訂，不管之前曾否結集。這套大系收錄之論文，乃最完善的版本。

以個人的論文單獨成卷，看起來像叢書，但叢書的內容由作者自定，此大系畢竟是一套實質上的選集，從選人到選文，都努力兼顧到其評論的文類[5]、議題、方向、層面，盡可能涵蓋所有重要的議題和作家，經由主編預選，再跟作者商議後，敲定篇目。從選稿到完成校對，歷時三個月。受限於經費，以及單人成冊的篇幅門檻，遺珠難免。最後，要特別感謝馬來西亞畫家莊嘉強，為這套書設計了十一個充滿大馬風情的封面。

鍾怡雯

2019.01.05

---

[5] 小說和新詩比較可以滿足預期的目標，散文的評論太少，有些出色的評論出自國外學者之手，收不進來，最終編選的結果差強人意。

編輯體例

[1] 時間跨度：從 1989.01.01 到 2018.12.31，共三十年。

[2] 選稿原則：每卷收錄長篇學術論文至少六篇，外加短篇評論（含篇幅較長的序文、導讀），總計不超過十二篇，頁數達預設出版標準。

[3] 作者身分：馬來西亞出生，現為大馬籍，或歸化其他國籍。

[4] 論文排序：長論在前，短評在後。再依發表年分，或作者的構想來編排。

[5] 論文格式：保留原發表格式，不加以統一。

[6] 論文出處：採用簡式年分和完整刊載資訊兩款，或依作者的需求另行處理。

[7] 文字校正：以台灣教育部頒發的正體字為準，但有極少數幾個字用俗體字。地方名稱的中譯，以作者的使用習慣為依據。

目 錄

此時此地：
馬華與中國左翼革命文學話語競爭

一、回到一九四九：交錯折射的政治與文學事件

一九四九年是個巨大的政治與思想文化符號，在兩岸三地，甚至是更廣泛的華人世界，都能追溯與此歷史年份相關的問題與影響。楊儒賓嘗試作出梳理說：「一九四九之於新中國，主要是政治的意義；一九四九之於新台灣，則是文化的意義」，[1]這樣一種定位和論說，乃是以長時段的歷史觀照眼光，以該年份作為某種斷裂、延續、轉化或再創造的契機，從長遠的時間演變追尋它在當代的影響痕跡。縱然那是一個充滿創傷的歷史年份，也是一個蘊含飽滿意義的時間起點。從這個角度而言，追溯一九四九年與新馬深層

---

[1] 楊儒賓，《1949 禮讚》（台北：聯經出版社，2015），頁 32。

的意義聯結，或許可以說，在新馬的歷史語境底下，一九四九之於馬來亞，主要是文學的意義。這並不是說一九四九對於馬來亞不具備政治與文化的意義，而是它對馬華文學的文學政治身分、華人的自我認知、在地意識、民族觀念等的演變，提供更為深刻的歷史與思想解釋。

中國和馬來亞，自一九一九年始到一九四九年之間，便存在著頻繁的移動關係，尤其是人的移動，建立起兩地緊密的政治與文化紐帶。在一九二〇、三〇年代的南下的知識人，其中包括文人、作家、學人以及為中國共產黨員（以下簡稱中共）等。就文學方面而言，當時構成文學圈的成員，有來自報紙副刊的編輯、寫作者、華文教師或馬共作家等。[2]例如在一九三二年，在新加坡成立一個類似中國左聯的組織，名為「無產階級聯盟」，該組織由馬共主導，主旨是馬來亞的反殖革命以及宣揚共產思想。南來文人或作家大部份肩負革命、反殖的任務，把文學運動看作是政治運動的一環。在一九四七、一九四八年發生的「馬華文藝獨特性」文學論戰，是馬

[2] 謝詩堅認為在五四新文化運動之後，從中國移居南洋華人的文學，可作為馬來亞左翼文學的開端。《中國革命影響下的馬華左翼文學（1926-1976）》（檳城：韓江學院出版，2009），頁10。另可參郭惠芬，《中國南來作者與新馬華文文學》（廈門：廈門大學出版社，1999）；一九二〇～一九三〇時期也是馬華文學蓬勃期，按楊松年的研究，從一九二七～一九三〇年代，華文報刊共有一百零九種，多數集中在新加坡（新加坡八十一種，馬來亞廿八種）。副刊則高達一百四十七種。參楊松年，〈完結篇：戰後新馬文學本地意識的發展〉，《戰前新馬文學本地意識的形成與發展》（新加坡：八方出版社，2001），頁33。

華文學史上重要的「文學事件」。當時涉及論爭的作家群龐雜，具有多元與分歧的創作背景與政治意識型態，[3]凸顯有關文學與政治、作家與作品的身分認同，文化屬性，以及創作原則等問題，從中可窺探中國革命文學和馬華左翼文學的話語競爭。

新中國建立之時，馬來亞仍未獨立，當時馬來亞共產黨（以下簡稱馬共）把馬來亞反殖反帝抗爭，視為重要的政治任務。中共仍維持對馬共思想路線指導的政治聯繫，而中國的「建國文學」也主導著馬來亞的華文左翼文學。特別是毛澤東的文藝思想理論，其中明確為文學須從屬於馬克思主義、無產階級以及為政治服務這三點。在新中國建立之後，仍深刻影響馬華左翼文學的創作方針。無論是從政治革命思想，抑或馬華文藝創作的思想路線，「馬來亞」作為一個思想與實踐空間，儼然是一個境外的革命思想話語的延續場域。換言之，「馬來亞」是毛澤東思想和中國左翼思想貫徹的延長線，在華人群體當中舉足輕重。縱然如此，它並非可以完全壟斷馬來亞的文學與思想話語，尤其是後者，馬來亞擁有多元的族群，在反殖爭取獨立時期，出現各不同共同體的國家想像，不同族群的

---

[3] 「馬華文藝獨特性」文學論戰開始於一九四七年十月一日，至一九四八年四月十四日逐漸告一段落。莊華興曾為文梳理論爭的內容與本質，整理出參與論爭的作者以及各篇目，強調須釐清論爭參與者的背景以及各自持有的政治立場與意識型態等因素。莊華興，〈馬華文藝獨特性論爭—主體（性）的開展及其本質〉，《十年—抗英戰鬥故事輯（五）》【附錄四】（吉隆坡：21 世紀出版社，2013），頁 224-226。

思潮與民族主義的競爭，形成一個具有多元張力的思想空間。[4]

一九四七、四八年「馬華文藝獨特性」的「文學事件」形成之後，緊接著在一九四八年六月便發生一則重要的「政治事件」，深刻衝擊該文學事件的後續發展。當時英殖民政府為對抗馬共，頒佈了馬來亞緊急法令（Malayan Emergency Act），馬共被宣判為非法組織，被迫走入森林從事游擊戰，一直到一九八九年十二月，簽署和平協議後才結束抗爭。[5]這個「政治事件」暴露一個反差的現象，如果把馬來亞馬共的革命和新中國關聯起來，會發現當毛澤東的革命在中國節節勝利，取得新政權之時，卻是馬共潰散的時刻。甚至是馬華左翼文學也受到挫折。在緊急狀態時期，馬共主要的文學創作園地，像《民聲報》[6]、《戰友報》[7]、《南僑日報》[8]等無法繼續出版，頓時馬共作家失去重要的文學陣地。作為馬華文藝獨

[4] 馬來亞時期形成的思潮影響深遠，例如在反殖爭取獨立時期，誰擁抱了誰，誰排斥了誰，Nusantara（群島）、 Alam Melayu（馬來世界）、 Melayu Raya（大馬來由）、 Indonesia Raya（大印度尼西亞）以及 Maphilindo（馬菲印）等，實際是各不同「共同體」競爭的表現。相關討論參 Abdul Rahman Embong, Revisiting Malaya: envisioning the nation, the history of ideas and the idea of history, Revisiting Malaya, *Inter-Asia Cultural Studies*, vol.16, no.1, March 2015. pp. 9-23.

[5] 有關馬來亞緊急狀態事件以及與之相關的議題，請參 Yao Souchou, *The Malayan Emergency: Essay on a Small, Distant War*, Singapore: Mainland Press, 2016.

[6] 《民聲報》於一九四五年九月在吉隆坡創刊，總編輯是林芳聲。

[7] 《戰友報》於一九四五年十二月八日在吉隆坡創刊，創辦人是馬共高級領導人劉堯和陳田。

[8] 《南僑日報》創刊於一九四六年十一月廿一日，陳嘉庚為當時董事主席，胡愈之為社長兼主筆，總編輯為洪絲絲。

特性論爭主角的馬共作家周容（金枝芒），在走入森林後，雖然維持對文藝的熱情，持續貫徹「馬華文藝獨特性」的理念，並在一九五八年主持與編纂馬共文學叢書——《十年》。《十年》如今成為理解馬共在森林抗英戰鬥故事書寫的重要文本。

以上扼要勾勒兩個事件交錯的歷史現場，可理解早期馬華文藝的政治性和中國左翼革命文學的關係。值得思索的是，今日重新檢視當年的文學論爭，是否是文學史大於文學的意義？如何解釋一九四九以前中國革命文學對馬來亞華文文學的影響？它對以後的馬華文學產生怎樣的歷史影響？雖然自七〇年代起，文學前輩如方修經已開始整理論爭的始末，在這之後，像楊松年、陳應德、莊華興、方桂香、黃錦樹、張錦忠等，都嘗試從不同角度進行解讀，無論是返回歷史現場、把論爭視為文本，抑或著重論爭的外延因素等。有關論爭的歷史敘述已相當充份，因此在勾勒出論爭的問題意識與歷史影響時，我所關注的不是論爭本身，而是對於論爭的認知視野，能否從原本的「政治—意識型態」轉化為「文學—文化」的詮釋框架，重新打開對這場論爭的詮釋想像，提出超越過去政治意識型態的可能解說？例如周容提出「馬華文藝獨特性」乃強調文學作品需要反映本地的現實，把「此時此地」視為創作的主要原則，在這之後，「此時此地」遂成為現實主義作品的主要準則。[9]無疑「此時

[9] 例如方桂香認為：「經過這場論爭，馬華文學在理論上有了更明確的創作方向：強調馬華作家必須走現實主義路線。在實際創作上應更有意識地緊扣本地現實，寫此時此地最需要的作品，並加深本地色彩」，〈馬華文藝獨特性的形成是水到渠成—重新審視僑民文藝與馬華文藝獨特性論爭〉，《另一種解讀

此地」緊扣著文學現實論，而在馬來亞反殖反帝的年代，「此時此地」更脫離不了革命或改革的政治任務。若嘗試姑且解除其政治任務的包袱，把「此時此地」從文學論爭話語、文學意識型態提升至理論視野，即可理解「此時此地」不只涉及如何界定與處理「現實」，還包括如何理解以文學為「中介」的「現實」，甚至可以進一步叩問能否形構所謂「虛構化的現實」諸如此類的問題。

歷史總有自我招魂的本事。叩問「此時此地」是否已是過往雲煙，可以發現一些有趣的線索。五〇年代前後認為文學要扣緊「現實」的話語，關注的是「文學身分」的認同選擇[10]以及「文學主體」的建構過程，亦是南來文人作家嘗試以「馬華」之名，審視自身與「祖國—中國」的關係。在不能放棄「中國化」之際（胡愈之的說法），如何能達到「馬華化」（郭沫若的說法）的目的，二者之間的權衡與考量，成為支持與否定「此時此地」的兩大作家陣營的立場。其間也出現主張「雙重任務」的聲音，傾向於「既中國既馬華」的選項。有意思的是，在時隔許多年以後，黃錦樹在九〇年代末提出的「斷奶論」，再一次嚴肅的梳理馬華文學和中國的關係，縱然關注中國性問題，並宣告已有國籍身分（指已獨立的馬來亞）的「馬華文學」須具有獨立意識，不再把中國看作是哺育、附庸或是僕從地位的對象，欲尋找出屬於「馬華」本身的情感、美學與創作理念。從「去中國影響」這部份而言，所謂的「斷奶」像是

——方桂香文學評論集》（新加坡：創意圈工作室，2002），頁30。

[10] 黃錦樹則認為馬華文藝論戰涉及的是「祖國認同」與「在地認同」的問題。

以更激進的手法來確立「現代」的「此時此地」。

本論文試圖結合文學和歷史的雙重視野，分析由「此時此地」爭論所展開的話語競爭，從文學考古視角，探索它在一九四九年前後凸顯中國和馬來亞文藝之間的關係，以及在馬華文學論述與創作中形成的歷史影響，並進一步研討其如何可能成為馬華當代文學論述的思想資源。

二、論爭核心：文學身分認同？文學／政治實踐？

按方修在一九八七年出版的《戰後馬華文學史初稿》中記載，「南洋文藝獨特性」旨在解決當時馬華文藝的矛盾——如何能夠履行反映本地現實以及中國解放運動的任務兩方面，一開始就有鮮明的目的。但為何後來矛頭會指向「僑民文藝」，方修作了以下的解釋：[11]

> 一、這時期，本地獨立運動熱潮高漲，對於本地作者的反映現實，有了更高、更迫切的要求。
>
> 二、當時中國方面的民主運動，也同樣迫切地要求馬華社會——包括文藝作者，給予大力的支持聲援。怎樣解決這兩者的矛盾，便成了馬華文藝理論界的一項任務。
>
> 三、許多在抗戰時期以至戰後初期散處於東南亞各地

[11] 方修，《戰後馬華文藝史初稿》第三章〈「馬華文藝獨特性」的提出及關於「僑民文藝」的論爭（上）〉（馬來西亞：馬來西亞華校董事聯合會總會，1987），頁30。

> 的中國作者，這時候由於各種各樣的原因逗留星馬地區，他們大量地描寫中國題材，又不時地流露出大漢沙文主義的作風，因而在一定程度上加強了本地文壇的僑民意識，對於馬華文藝工作的方向造成了某些混亂。

從方修的整理紀錄可知，「馬華文藝獨特性」第一次提出，是在一九四七年一次寫作座談會中，討論的聚焦點在於「獨特性」，當時傾向從形式和內容兩方面著手。在這之後，當馬共作家周容於一九四八年在《戰友報》的新年特刊，刊登一篇題為《談馬華文藝》文章，其中最關鍵的一段提及：「一切的文藝都有獨特性，都是表現「此時此地」，沒有特性的文藝是「僑民文藝」，僑民文藝即使有若干作用，也不是最大的、最高的，不是馬華文藝創作的主要方向」。[12]這段話把「馬華文藝」和「僑民文藝」放在對立面，使論爭逐漸白熱化。在這階段，「此時此地」是討論焦點，另外則是有關「僑民作家」、「逃難作家」的定義等。如何釐清這兩個概念在「此地」（指馬來亞）的確切意涵，便顯得迫切。周容繼而指出，論爭的問題核心不可離開「文藝的戰鬥作用以及為人民服務的程度高低」這兩點，對以上兩種文學身分作出界定，其言：（1）針對僑民作家的判別，應是立基於態度或創作傾向，不是以作家是否來自中國來區分；（2）僑民作家的創作態度特點是——「手執報紙而眼望天外」。至於逃難作家，他則認為是屬於那些連「僑民作家」都不想做的作家，逃避現實、眼望天外，只等待中國新局面

---

[12] 同上，頁 34-35。

的到來，然後回到中國。周容的態度很明確，所謂的「此時此地」，就是要表現「此時此地」的馬華，服務於馬華社會的改革鬥爭。[13]周容對於逃難作家的批評，引來另一位左翼作家洪絲絲的反駁。洪絲絲認為逃難作家不意味就逃避現實，對馬華文藝界也有貢獻，不應受到苛責。

到了第三階段，方修形容論爭演變為「混戰」狀態，但我認為亦不乏有意思的觀點，例如有論者試圖區別「僑民文藝」和「中國文藝海外版」，以居住在一個地方長久的時間，以及其所表現出來的認同為判準。[14]或具體化「此時此地」的內涵，如鐵戈的〈文藝的獨特性、任務及其他〉說：「所謂此時此地，是包含著現階段馬來亞人民的貧困、痛苦、喜怒哀樂、仇恨要求等。同時也包含著馬華社會的愛國運動、愛國事件等。」[15]沙平（胡愈之）則抓緊「民

---

[13] 同上，頁 42-44。也有論者認為文藝運動的路線是配合政治運動的發展而決定的。參馬達〈我對於文藝論爭的管見〉，方修，《戰後馬華文藝史初稿》第四章〈「馬華文藝獨特性」的提出及關於「僑民文藝」的論爭（中）〉，頁 52。

[14] 海朗在〈是僑民文藝呢，還是馬華文藝？〉說到：「至於剛從中國來的作家，他們在馬來亞所寫的反映中國現實的作品，卻不能被稱為『僑民文藝』，只能稱為『中國文藝的海外版』。因為他們在被迫南來以前並未曾脫離中國的現實。但如果在本地住上了三五年以後，還要去描寫他們已經遠隔，而且日益改變的現實，那就有變成『僑民文藝』的可能了」。方修，《戰後馬華文藝史初稿》〈「馬華文藝獨特性」的提出及關於「僑民文藝」的論爭（上）〉，頁 42-44。

[15] 方修，《戰後馬華文藝史初稿》第四章〈「馬華文藝獨特性」的提出及關於「僑民文藝」的論爭（中）〉，頁 56。

族文藝現實性」問題，批評周容忽略文藝中表現的「特殊性」和「普遍性」可以「統一」，以為文學必然會從其普遍性中表現出獨特性，不必要刻意提出「獨特性」的說法。[16]

綜上所述，方修把這場論爭看作是「馬華文藝的一個自立運動」。[17]方修說得很清楚：「馬來亞要求獨立，馬來亞華人要做獨立國的主人，馬華文藝自然沒有理由不獨立發展，沒有理由追隨中國文藝的路向。所謂獨特性，就是表示馬華文藝要和中國文藝分道揚鑣，服務於當地的獨立運動。」[18]楊松年則認為「馬華文藝獨特性」與「此時此地」，彰顯了當時馬來亞寫作者「本地意識高漲」，而一些馬共作家認為「寫此時此地的現實」，其「現實」的指涉不是「中國」而是「馬來亞」，亦透露出馬共的本土認同。莊華興進一步論說，馬華文藝獨特性論爭之於文化界，不是一個文學的問題，而是馬共文化人和中共文化人，對文化文藝服務對象產生嚴重分歧的結果。當時中共文化人認為馬華文藝應該關注中國事務，但被周容等人批判為以「中國為主，馬華為次」的大國民思想。以上的看法，牽引出兩條線索：一、在地認同的轉向；二、左翼馬華問題。

在地認同與寫作者對自身的文學身分與文學實踐認知有關。在「馬華文藝獨特性」提出之前，一九二〇、三〇年代的南來作家已

---

[16] 同上，頁 58。

[17] 方修，《戰後馬華文藝史初稿》第五章〈「馬華文藝獨特性」的提出及關於「僑民文藝」的論爭（下）〉，頁 77。

[18] 同上。

有意識要以本地為創作題材，曾熱烈討論有關南洋色彩、地方作家、地方文學抑或在抗日時期的戰地文學等問題，在在顯示馬來亞時期的寫作者自覺於自己的寫作位置、文學任務，包括「地方觀念」。[19]當時也有作家批評馬來亞寫作界過於喜歡搬用中國文學界的言論，並調侃那是「搬屍文學」。文學的身分認同（literary identity）並非不言自明，從三〇年代「地方文學」、四〇年代「華僑救亡文學」到五〇年代的「馬來亞文學」，文學稱謂的流動與變化，正說明寫作者身分認同主體的改變，不斷搖擺在作家的書寫空間、位置以及文學任務之間。二〇、三〇年代寫作者透露的「地方意識」不意謂著「鄉土」，而是貼近「居所」的意涵；四〇年代抗日期間，中國和馬來亞兩地的抗戰活動，激發華人的民族主義情緒，讓祖國意識和馬來亞意識形成巨大的拉扯。一九四七年起引發的「馬華文藝獨特性」論爭看似在地認同轉向的轉折點，但從文學發展的內在脈絡而言，只是隨著時間的推移，馬來亞作家在「馬華」這個地方體驗到強烈的身體感覺，找到文學政治實踐的支點，與此同時，如黃錦樹所說：「確立文學的特性與政治傾向（現實主義）」。[20]

---

[19] 例如廢名（丘士珍）所寫的《地方作家談》，列出具「地方作家」資格的名單，按苗秀所說，這一份不科學化的作家介紹方法，引發了一場混戰。詳論請參〈「地方作家」論戰（一）〉，苗秀，《馬華文學史話》（新加坡：青年書局，2005），頁 234-251。

[20] 黃錦樹，〈無國籍華文文學：在台馬華文學的史前史，或台灣文學史上的非台灣文學〉，《華文小文學的馬來西亞個案》（台北：麥田出版社，

楊松年曾提及依據一九四七年新加坡《南僑日報》上半年對華人社會的調查，在接受調查的 24,012 人當中，有高達百分九十二的華人認為馬來亞是屬於馬來亞人的國家，而百分之及九十五點六的華人認為居住在新馬的華人，應該成為馬來亞公民。[21]這樣的調查結果，大致說明馬來亞與其周邊華人地區的認同取向。認同轉向究竟是取決於個人內在的抉擇，抑或大環境的驅使，兩種因素互相滲透，更直接的影響應是一九五〇年代中國國籍政策。或可以東馬砂拉越華文文學為參照。砂拉越的華文文學同樣受到中國左翼文學的影響，但和馬來半島的華文文學有著不一样的發展進程。不少砂拉越的寫作者，一直以來仍把「唐山」視為精神與心靈的歸屬。[22]而其在地認同轉變，亦是受中國國籍政策變化，促使砂拉越華人反思真正的家園歸宿，作出留下或回去的抉擇。「砂華文學」名稱確立於一九五〇年代，即展現砂拉越文學的主體認同。[23]有關

2015），頁 182。

[21] 楊松年，〈完結篇：戰後新馬文學本地意識的發展〉，《戰前新馬文學本地意識的形成與發展》，頁 167。

[22] 在最近幾次的演講和訪談中（二〇一六年），李永平多次提及以「母親」的意象來安頓他對婆羅洲、台灣和中國三地的情感。他比喻出生地的婆羅洲為「生母」、收養及豢養他成為小說家與學者的台灣為「養母」，而唐山則是父親給他的「嫡母」。砂華作家梁放寫於八〇年代的小說，還是在處理「回中國」的問題。參〈龍吐珠〉，《煙雨砂隆》（砂拉越：砂拉越華文作家協會，1989），頁 138。

[23] 相關討論可參黃妃，《反殖時期砂華文學》（詩巫：砂拉越華族文化協會，2002）。

中國的國籍政策，和一九五五年周恩來在出席印尼萬隆會議的一番話有關。當時周恩來勸勉在中國境外的華僑應該在中國和居住地作出抉擇，不允許中國國民擁有雙國籍，這項政策對散居在東南亞的華人影響很大。

至於「左翼馬華」的問題，莊華興曾指出：「馬來亞華人的左翼政治在戰前一九三〇年代已經形成，至戰後逐漸本土化。然而，他們所受的中國影響與共產國際的影響（某種程度的國際化）始終未有改變，在反抗英殖民主義—帝國主義之際，馬來亞共產主義鬥爭實際上無法擺脫中華帝國的魅影。」[24]不僅是有關左翼政治，左翼文學亦然。如謝詩堅所說：「馬華左翼文學是泛指二〇年代至七〇年代整整半個世界的文學主潮，它主導了馬華新文學（包括新加坡）的大潮流，與中國的『革命文學』相互擁抱。不論是中國的『革命文學』或『馬華左翼文學」，在那個風雷激蕩的年代，是沿著一條毛澤東文藝思想的路線，一前一後的成長，並一起消逝於文學領域中』，[25]他從一九二〇年代末南來報章編輯中的文學與作家言論印證「中國和馬來亞左翼文人其實是同一路人，走的是同樣的路，只是借助馬來亞文化陣地表達同一思想」，[26]南洋色彩抑或地

---

[24] 莊華興，〈馬華本土、左翼馬華：觀看殖民與帝國〉，《文化研究》第二十一期（台北：交通大學出版社，2015），頁 246。

[25] 謝詩堅，《中國革命影響下的馬華左翼文學（1926-1976）》〈緒言〉，頁 11。

[26] 謝詩堅，《中國革命影響下的馬華左翼文學（1926-1976）》第一章〈中國革命文學影響下的馬華新興文學〉，頁 35。

方文學的提出，其實脫離不了中國革命文學的框架，不能視為馬華民族文學。

那該如何更精準的來看待馬華左翼文學？前面提及莊華興的觀點——「馬共文化人和中共文化人，對文化文藝服務對象產生嚴重分歧的結果」，若以周容和胡愈之的觀點為例，便可理出要義。胡愈之在一九四〇年代來到新加坡，是以中共幹部身分擴大中共在馬來亞的影響，發展抗日統一戰線，並要促成馬華文學是中國革命文學的一環。[27]胡愈之對周容提出的「此時此地」頗不以為然，認為中國與馬來亞二者並無矛盾處。他在〈朋友，你鑽入牛角尖里去了〉一文說：「所謂『文藝獨特性』這個名詞，是足夠把人弄糊塗的。如果說一個國家的文藝應當有和別的國家的文藝不同的地方，那應該是指民族形式，那只能是指文字、技巧、題材、表現方法等等之中國化而言。離開了中國化，便不能想像馬華文藝的獨特性。」[28]針對兩人的分歧，謝詩堅認為馬共有自己的政治議程，要爭取更多本地文化人支持，所以不一味的傾向中共，否則將忽略馬共在馬來亞肩負的解放事業。[29]這也印證了莊華興的看法。無論是周容或胡愈之的看法，都認為文學實踐也是政治實踐的一種形式，但文學實踐如何更緊扣「現實」，兩人的看法並不一致。

[27] 謝詩堅，《中國革命影響下的馬華左翼文學（1926-1976）》第二章〈中國革命文學影響下的馬華統戰文學〉，頁 91。

[28] 謝詩堅，《中國革命影響下的馬華左翼文學（1926-1976）》第三章〈中國建國文學影響下的馬華民族文學〉，頁 134。

[29] 同上，頁 138。

由此可知，「此時此地」的話語競爭不是意識型態的「左右之爭」，而是對「此地」的思想與文化教育，應當通過中國或馬來亞的現實政治與生活進一步揭示的問題。一九四九在馬華文學意義影響上，雖然表現出更強烈的本地意識的轉向，抑或具有自主意識的馬來亞文學，針對左翼馬華這點，卻沒有因為國共之爭或新中國的建立，而有巨大的切割或裂變，反而左翼的現實文學觀持續的延續，進一步的轉化，左右著當代馬華文學的創作與批評。然而，五〇年代以後的馬華左翼文學如何再定位？這個再定位，指的並不是簡單的延續中國革命文學的傳統，相反的，如不少的文學史研究者，把它看成是馬華文學和中國文學分家的一個重要的分水嶺，因為它彰顯了自覺的「主體屬性」。[30]當時的作家明確把馬來亞視為爭取民主自由獨立的社會，不必附庸於中國；[31]並認為從民族形式而言，有其自主的「馬華民族」的文學。[32]

三、「此時此地」實踐與歷史影響

如果說過去的文學論爭受到時代限制，使馬華文學淪為政治附

---

[30] 莊華興，〈馬華文藝獨特性論爭——主體（性）的開展及其本質〉，《十年—抗英戰鬥故事輯（五）》【附錄四】，頁 4。

[31] 方修，《戰後馬華文藝史初稿》第三章〈「馬華文藝獨特性」的提出及關於「僑民文藝」的論爭（上）〉，頁 32。

[32] 方修，《戰後馬華文藝史初稿》第三章〈「馬華文藝獨特性」的提出及關於「僑民文藝」的論爭（下）〉，頁 76。

庸，那今日能否用不同視角，跨越政治意識型態而回歸文學文化本身？「此時此地」論爭雖然發生在一九四〇年代末，總括而言，它處理幾個重大問題：一是馬華文學和中國文學的關係；二是馬華文學主體論述；三是如何看待文學「現實」論。基本上第一和第二個問題是互相關聯，九〇年代末黃錦樹的斷奶論，仍是處理這兩大問題。「文學斷奶」的提出，除了尋求馬華文學的獨立性以外，從中國性的角度也檢視了中華文化與中國所建立的一種紐帶。[33]從文學的角度而言，從前文的論述中，可知馬華左翼文學受中國文學發展的左右，一些論者也認為馬華文學的本質是左翼的、政治的，是受二十世紀以來中國左翼革命文學的深刻影響。值得反思的是，若重新思考馬華文學發生的起源，把十九世紀末期南來文人寫的古典詩包括在馬華文學的內容，如高嘉謙曾以南來文人的「漢詩」作為理解馬華文學最初起源的面向。漢詩中不乏日常景致和地方風土的記述，嶄露南洋地方色彩與意識，[34]何嘗不也是屬於「此時此地」的南洋視域？有別於二〇年代以降的南洋色彩或此時此地，十九世紀末是傳統文人的詩學實踐，進入二〇世紀以後卻是左翼文人的文學

[33] 黃錦樹探討的是有關「華人」、「華語（文）」和中華文化一種結構式歷史合理性的建構方式，並嘗試釐清其內在邏輯。其重點在於說明大馬華人所強調的中國性，尤其是以「中華文化再創造」作為和中國維持的文化紐帶，實際上是受到現實政治環境的影響而作出的反應。相關論述，可參黃錦樹，《馬華文學與中國性》（增訂版）（台北：麥田出版社，2012）。

[34] 這樣的表現不以政治改革為目的，例如邱菽園在漢詩的世界裡表現了南洋文人的志趣與風俗經驗。參高嘉謙，《遺民、疆界與現代性——漢詩的南方離散與抒情（1895-1945）》（台北：聯經出版社，2016）。

革命。換言之，南洋或馬來亞雖說是中國境外的文學生產場域，無論是眼界、經驗或文學視野，不少文人、作家已是以「此地」為創作據點。

其次，是有關馬華文學的主體建構，若把周容的「此時此地」規定為馬華文學主體屬性，即意謂反映馬來亞的政治和社會，且具改革的現實目的是主體建構的內涵。此說雖可，但也可說是多元主體的特性之一。從馬華文學起源的長時段而言，馬華文學的源頭已具有多元的文學形式和內容，甚至在一九五〇年代也有打著純文藝旗幟的《蕉風》所代表的非左翼文人作家的圈子。

至於「此時此地」的現實論，有學者認為馬華當代寫作者不見有「此時此地」的創作自覺，對歷史經驗或社會的現實事件缺乏關注，指說「我們的作家面對的根本問題其實是對歷史的問題，乃至整個客觀現實問題的認知闕如。」[35]另一方面，也有學者指出「此時此地」的困境，例如內在視野的限制，在有限的經驗世界，所看到的是有限的可見世界。以馬共作家賀巾的《巨浪》為例，過於忠於此時此地，小說終究成為回憶錄的註腳。這裡可叩問的是：能否擴大此時此地的「現實」意涵，把「反映」的現實轉化為「再現」的現實？究竟什麼是現實？與之關聯的關鍵詞或是當下、本地、本土、在地等辭彙；那是否能把個人體驗、地理空間、地景或事件等，視為一種符號象徵，形塑出歷史、記憶、情感的投射空間？周

---

[35] 莊華興，〈饑餓的歷史巨獸：從金枝芒的長篇抗英戰地小說說起〉，《十年─抗英戰鬥故事輯（五）》【附錄五】，頁 249。

容（金枝芒）[36]和賀巾的小說屬於前者，而後者則可以黃錦樹的馬共小說系列和賀淑芳的〈別再提起〉等小說為代表。但二者的區別是否如此涇渭分明？

例如黃錦樹的《南洋人民共和國備忘錄》極盡「惡搞」本領，以「虛構」來修補歷史的漏洞，不可視為正規的歷史知識。它拆解了固定的是非與黑白，模糊正義與不義的邊界。小說中顛倒與翻轉作用，遊走在「實」與「不實」的歷史、文學與現實的交錯空間，想像各種不同選擇的結果的可能，藉此引發讀者對歷史正義的思考與反思。對歷史現實的重構與有意的倒置、重貼的情節，極其荒謬與嘲諷也好，卻指向此時此地需要被關注的「馬共問題」。《南洋人民共和國備忘錄》中收錄的〈那年我回到馬來亞〉講述「我」回到馬來亞人民共和國奔喪，小說中設有「路線之爭」的爭議——「馬來亞人民共和國和中華人民共和國之間，到底應該是怎樣的關係？」這樣的叩問，在馬共作家賀巾的長篇小說《巨浪》也有類似的質疑。[37]《巨浪》小說中曾提及多位馬共成員不再固守「延安情結」，質疑中國革命擬定的套路，提出要依據現勢情況決定實踐方法：「中馬國情各異，能簡單地劃上等號嗎？」[38]這兩個情節都和

---

[36] 金枝芒留下來的三本小說主要是《金枝芒抗英戰爭小說選》（2004）、《饑餓——抗英民族解放戰爭長篇小說（上下冊合集）》（2008）、《烽火牙拉頂——抗英戰爭長篇小說》（2011）。

[37] 亦可參魏月萍，〈青春、革命與歷史：賀巾小說與新加坡左翼華文文學〉，《中國現代文學》第23期，2013年8月，頁29-48。

[38] 賀巾，《流亡——六十年代新加坡青年學生流亡印尼的故事》（吉隆坡：

「馬華文藝獨特性」論爭的策略分歧遙呼相應。

〈那年我回到馬來亞〉甚至翻轉「冷藏行動」的實質內容。「冷藏行動」（operation cold store）本來是指一九六三年二月二日在新加坡發動的逮捕行動，共有一百一十名左翼人士在行動中被捕，當時新加坡最重要的反對力量——社會主義陣線領導層，遭受嚴重摧殘。[39]在小說中，卻被翻轉為「把馬來土邦的皇族集體送到西伯利亞去勞改的行動」；[40]同時虛構馬來亞的馬來人都遷往印尼人民共和國，以交換那裡的五百萬華人，兩國甚至還簽署了「種族互換協議」。[41]馬來亞獨立後，多元分歧的馬來民族主義與意識型態，在國家權力統合之下，漸趨形成一種狹隘的「馬來主義」，享有政權與資源分配上的特權。馬來人不斷從土地根源來強化「原居民」的身分時，華人便成為許多馬來人眼中的「外來者」。小說中的「協議」改變了不同族群的生存機遇和政治利益，拆解兩國的族群人口結構，並重組新的人口面貌。這樣的手法是否可說是「虛構的現實」，即把現實符號化？

類似的敘事手法又如那天晴的反公害長篇小說《執行者》。小說中虛構了「光明鎮」（設有提煉稀土東廠以及屬於核能發電廠的西廠）、「泥山鎮」（因輻射外泄而被清空的鬼鎮）以及神秘的

策略資訊研究中心 2010），頁 287。

[39] 可參陳國防主編，《一九六三年二二大逮捕事件始末》（新加坡：Toppan Security，2013），頁 6。

[40] 黃錦樹，〈那年我回到馬來亞〉，《南洋人民共和國備忘錄》，46。

[41] 黃錦樹，〈那年我回到馬來亞〉，《南洋人民共和國備忘錄》，46。

「光明洋灰工廠」。小說通過少年光，無意間揭露各種惡疾的原由以及人民的反公害的綠色集會抗爭。而小說中的神秘者——「執行者」則負責維持光明鎮的秩序，以及工廠的順利運作。小說家在小說最前頁寫以下這幾行字：

> 此書寫於核電廠計畫暗地裡進行、
> 萊納斯稀土廠無撤廠意願、
> 勞勿澳洲金礦公司持續用山埃採金、
> 萬年煙齊力工業煉鋁廠運作中、
> 國光石化準備進駐的黑暗時代。
>
> 獻給所有與黑暗對抗的勇士。[42]

以上所指的各種公害問題，是馬來西亞此時此地最尖銳的環境污染危機。位於東海岸關丹的萊納斯稀土廠、邊佳蘭的石化問題，民眾的抗爭仍未結束。縱然《執行者》虛構了不存在地圖中的小鎮，反映的卻是「此時」備受公害威脅以及民眾單薄反抗力量的生存狀態。同時賦予「此地」普遍性，因為它也可能發生在馬來西亞任何一個地方。[43]

馬華當代作家最扣緊「此時此地」的，是賀淑芳的小說。賀淑

---

[42] 那天晴，《執行者》（吉隆坡：有人出版社，2013）。

[43] 這讓人想起旅台的馬來西亞藝術創作者區秀詒的「棉佳蘭計畫」（The MengkerangProject）。棉佳蘭是一個虛構的島嶼，區秀詒藉此來檢視馬來西亞的歷史疆界與精神地理，通過不斷的拆解與重構，叩問真實與真相是如何被裁剪、拼湊出來。此虛構的作品卻蘊含強烈的當代現實意識。

芳第一部小說集《迷宮毯子》中的〈別再提起〉，以伊斯蘭宗教局搶屍鬧劇，揭示馬來西亞現實社會面對「改信宗教」後「屍體歸屬」的課題。小說中死者的名字是皈依伊斯蘭教的「敏阿都拉」，因此宗教局有權要求葬禮必須按照伊斯蘭教法來處理。小說篇幅很短，卻牽涉華人喪家、宗教局、華人議員、當地警察與衛生官員多方的角力。當中的角力不僅在於屍體，或非伊斯蘭教徒能否辦理伊斯蘭教葬禮，最為關鍵是伊斯蘭教法中的財產繼承問題。小說的另一層次，是透露「信仰」和「利益」的掛鉤。直指華人改信伊斯蘭教只為貪圖馬來人特有的利益，像申請買房、設立公司或買賣土地等事，為馬來西亞土著權益，在教育、經濟與教育資源分配都得到特定數額或名額的保障。賀淑芳的小說題材是十分「此時此地」，可是採取的書寫形式——「糞便飛濺」或「屍體大便」等的荒謬、突兀或調侃意味，使這篇小說充滿「魔幻寫實」色彩。李有成曾以「議題小說」視角來解讀〈別再提起〉，藉此凸顯小說的批判以及具強烈現實指涉的意義。[44]

賀淑芳的小說向來關懷馬來西亞社會的現實問題，她在第二部小說集《湖面如鏡》〈自序〉中說道：「最初構想的故事多從公共議題切入。經過語言框裁，現實與虛構彼此宛如『延續的公園』」，[45] 又說：「這本集子裡，有些小說跟此時此地馬來西亞的政治有關，有些則更關心自己跟現實側身觀看的意識（無論是政治的或非政治

[44] 李有成，〈緘默寂靜的聲音，震耳欲聾的抗議——賀淑芳的議題小說〉，《湖面如鏡》（台北：寶瓶文化出版社，2014），頁232。

[45] 賀淑芳，〈自序〉，《湖面如鏡》，頁4。

的）」，[46]透露文學有其自身向社會發聲與行動的方式。《湖面如鏡》中的〈湖面如鏡〉和〈Aminah〉二篇小說實和〈別再提起〉有互文關係。〈湖面如鏡〉敘說穆斯林在學校出櫃的禁忌，揭露同性戀和伊斯蘭教之間的張力；〈Aminah〉則以一名華巫通婚的後裔阿米娜（Aminah）試圖申請退教的爭議為故事主軸，無論是阿拉真主、可蘭經、頭巾甚至是宗教局，都具有不可被挑戰的神聖感與權威感。於是阿米娜在夢遊中的「裸體」，走過眾人祈禱的場所，「這身體骨節嶙峋，一絲不掛」，[47]便具有象徵意義。

> 幾乎每個人都停止了禱告，屏息等待這夢遊的裸體女人過去。他們沒有轉頭。她們聽見阿米娜繞到身後去了。阿米娜爬上了自己的床。從床上傳來薄薄的聲音，咕咕嚕嚕猶如一串氣泡，旋即隱沒在回教堂廣播的早禱長吟聲中。[48]

阿米娜的身體，是宗教規範制約的對象，但也成為她最直接的控訴與抗議。我們不知道阿米娜是不是真的「瘋」了，還是「瘋」亦可成為脫離規訓的管道之一，至少可以掌握自己身體的自主權。尤其是一所針對信仰意志不堅定教徒而設的康復中心，「正常」或「發瘋」的判準，是以是否堅信與絕對服膺於可蘭經教義為基準。

黃錦樹在為賀淑芳第一本和第二本小說寫序時，亦反覆強調賀淑芳小說中充滿著「此時此地」的現實，迫使讀者重新思考馬華文學的「此時此地性」。不過也指出在書寫馬共的題材時，賀淑芳卻

---

[46] 同上，頁15。

[47] 〈Aminah〉，《湖面如鏡》，頁115。

[48] 同上註。

刻意拉遠視域，與現實維持較遠的距離，[49]這或是賀淑芳自覺意識，她曾說：「『現實』切換在另一條水平上走。彷彿這一現實的界面是個傾側的倒影。」[50]又例如無論是「屍體排泄」抑或夢遊裸體，都予人遊走在現實與非現實之間，它不如實反映客觀的外在世界，而是通過思維想像衝破「現實」的牢籠，重新建構了小說的「現實意識」。

四、小結

一九四〇年代末「馬華文藝獨特性」引出的「此時此地」論，縱然是一個文學革命策略的分歧，暴露左翼文學的基本認識，在一九四九年之後，對馬華文學的「現實」創作論產生持續影響。但可追問的是：究竟「此時此地」是否就等同「現實」？而它仍是當今馬華現實主義派與現代主義派在創作觀念上最大的分歧？這讓人想起被歸為現實主義創作的梁放，其近期長篇小說《我曾聽到你在風中哭泣》，是一部涉及砂拉越左翼反殖獨立抗爭的小說，以砂共的抗爭為脈絡，述說小說主角如何漸序被推進游擊隊的抗爭。但針對小說家的美學或虛構的需要，也被論者認為恐會被質疑其情節的真實性。[51]

[49] 黃錦樹，〈迷宮與煙霾〉《迷宮毯子》（台北：寶瓶文化出版社，2012），頁 13-14。

[50] 同上，頁 17。

[51] 莊華興，〈梁放跨族群小說的國家與美學雙主體追尋——讀《哭泣》兼及

從以上幾部小說的討論，可知小說不一定是直接反映現實的「鏡子」，它也可以是「倒影」；「此時此地」更像是現實的「素材」，不帶著直接反映、說明、詮釋或改革的「功能」，而是可以超越特定的時間和空間的指涉、轉喻以及想像的填補等。

† 本文曾宣讀於「跨越一九四九：文學與歷史國際研討會」，2016 年 12 月。修訂於 2018 年 12 月。

其他（代序）〉，梁放《我曾聽到你在風中哭泣》（加影：貘出版社，2014）。

文學共感地域學？
——大山腳文學社群的認同建構

一、 反「離散」與在地「認同」

多年來有關馬華文學討論的一個特殊現象是，一方面自喻有著「盆栽境遇」，[1]或認為馬華文學評論／論述匱乏，但實際上「文本貧乏」或比「評論／論述匱乏」處於更嚴峻的狀態。近二十年來，馬華文學論述的視角，從中國性、斷奶論、複系統、小文學、無國籍、本土性、離散、左翼乃至於近年來備受關注與爭議的華語語系等，都旨在處理「有國籍」以後馬華文學的定義內涵、文化與政治身分，

[1] 黃錦樹在〈旅台、馬共與盆栽境遇〉一文中雖著重討論的是馬華文化，但亦可指涉馬華文學的境遇。詳論請參《文化研究》第七期，2008 年 9 月 1 日，頁 75-104。

以及它在國家文學以及華文文學世界中的位置。[2]就定義、身分和位置而言，這些論述所著重的是文學外延各種交錯的生產脈絡，以及在現實情境中的文字實踐，即如何通過寫作來維繫文學語言、文化教養，甚至是認同意識。換言之，馬華文學較常被看見的不是「文學」本身，而是其內蘊的「馬華」特質，但「馬華」的特質究竟意味著什麼，每個人雖然會有認識指涉上的差異。[3]基本上「馬華（文學）」涉及的是一個整體性的概念，也是一個族裔或書寫語言的文學概念。那能否嘗試轉移視角，轉為探索各不同地方的文學生態、構成與認同來理解馬華文學，藉此勾勒出馬華文學的地方特色？這裡所謂的「地方」（place），不是偏向狹隘或封閉的地方主義，而是指有具體空間和時間的生活脈絡，以及人在生活中的歷史感、場所精神、情感聯繫以及生活軌跡所呈現出的紋理等。它可以是單數或複數的意

[2] 這方面的討論累積了不少著作，例如張永修、張光達、林春美編《辣味馬華文學》、莊華興《國家文學：宰制與回應》、林春美《性別與本土：在地的馬華文學論述》、張錦忠《南洋論述：馬華文學與文化屬性》、《馬來西亞華語語系文學》、鍾怡雯《馬華文學史與浪漫傳統》、黃錦樹《馬華文學與中國性》、謝詩堅《中國革命文學影響下的馬華左翼文學（1926-1976）》等。

[3] 「馬華」的特質可以指向馬華特性，其中包含文學中所展現的馬來西亞地域色彩、華人的族群文化、歷史意識以及社會現實境況的反映等。對創作者而言，「馬華」究竟是正資產抑或負資產？是可發揮的特性，又或某種歷史文化包袱，常因人而異。如李永平、張貴興、賀淑芳的小說，有些論者認為他們以高度個人化的文字風格、敘事技巧，淡化了馬華的地域色彩或對馬華現實非直面的描繪，個人文學技藝甚於馬華特性，具有世界文學特性。

義，是處在「未完成」的形態。[4]至於「地方特色」並非僅指向以地景、地貌或風土表層化的地方色彩，而是強調書寫中的地方認同，如何表現在多樣化的文學符碼指涉當中。[5]

有意思的是，在地認同的表述，能否回應如史書美所說的「以地方為本位的實踐」抑或「對居住地的承擔」，也即是她念茲在茲的「離散是有效性」的問題？連接至史書美的觀點，乃是有意藉此梳理她所論及「成為當地人」背後的複雜問題。史書美在《反離散》一書中，曾扼要提及馬來西亞華人的身分演變，經歷了從定居殖民

---

[4] Tim Cresswell 著、徐苔玲、王志弘譯，《地方：記憶、想像與認同》（台北：群學出版社，2004），頁 64-65。

[5] 我曾在討論文學公民的議題時，提出每一位作家實有一個心目中的「地方依戀」，例如林春美、杜忠全、陳團英（Tan Twan Eng）的檳城，李永平和張貴興的婆羅洲以及林玉玲（Shirley Geok-lin Lim）的馬六甲等。有意思的是，林玉玲在二〇〇八年接受張錦忠訪問時說了以下這一段話，近十年後重讀，仍覺意義深遠。在馬華境內境外，如何解釋自我和地方的關係，有著多元與豐富的意涵。林玉玲說：「許多偉大詩人在他們的寫作生命中都有一些孜孜以求的重要主題，我也有一些從早年開始即著迷的主題，其中一個是對『地方』的認同感，不管這個地方是否地理場景。例如我一再重覆書寫馬六甲。我的故鄉馬六甲，我出生的地方。『地方』的另一意義是國家，那是社會政治層面也是感情層面的意義。我的詩處處都呈現我和原鄉關係的主題。我在一九六九年離開馬來西亞，三十多年後，儘管我經常返鄉，我和其他地方別的國家的關係層層重疊。我想我的詩總是一再重覆書寫這種進行中的認同感，以及我和不同社群不同地方的種種關係。」張錦忠，〈在秋蟬中與林玉玲談詩及其他〉，《星洲日報・文藝春秋》，2009 年 5 月 3 日。又參魏月萍，〈我不在家國：馬華文學公民身分建構的可能〉，《思想》，第 26 期，2014 年 10 月，頁 55-73。

者、華僑、中間人到在地人的轉變，以此說明移民的華人如何逐漸擺脫中國性霸權的宰制，拒絕中國的收編，以下這段話說得最為具體：

> 漢族移民於十七世紀開始遷移至馬來亞群島（地理上包括今日的馬來西亞和新加坡），到十九世紀達到高峰，他們也不認同自己為華僑，反而認同自己為在地人。當地的華語語系作家與評論家在二十世紀早期就已經發起數個重要辯論與運動，抗拒中國性的呼喚與中國政府再漢化的壓力。因此筆者主張離散是有時效性的，會過期的；我們不能在三百年後仍聲稱自己為離散者，每個人都應該被賦予成為在地人的機會。[6]

暫且先不論以上身分內涵的確切性，尤其放到複雜的華人移民史的歷史脈絡，能否反映其真實的歷史狀態。史書美為離散的歷史劃上截止日期，目的儼然是要避免把離散作為一種價值，以此有理由延續定居殖民者的身分，導致無法真正抗衡中國性的呼喚。這樣的主張曾引來黃錦樹的批評。黃錦樹批評的核心是：從理論上來說，史書美的反離散和定居殖民論是自相矛盾的；其次，從長時段的移民歷史來看，把移民等同於殖民，是忽略東南亞華人移民的歷史脈絡與情境；再者，史書美無法跳脫現代國家的概念，持以民族國家邏輯立場，是因應美國學界挑戰而衍生出的新冷戰學術意識形態。[7]

---

[6] 史書美，《反離散》（台北：聯經出版社，2017），頁 16。

[7] 詳論請參黃錦樹，〈這樣的「華語語系」論可以休矣！——史書美的「反離散」到底在反什麼？〉，載於《說書》，https://sobooks.tw/sinophone-literature-review/（瀏

從黃錦樹早期處理馬華文學與中國性的問題關懷而言，他必然不認可中國性霸權。他那時的關注是馬華文學中的中國性問題，而非是史書美所指向的具有強權勢力「崛起的中國」，把中國視為「殖民帝國」作為其論述前提。而我想藉本文引出的相關問題是：「中國性」和「在地認同」必然相悖嗎？討論這二者之間的關聯，一般不是把它們放在對立、彼此消長的關係位置，便是採取直線演變過程的階段論，又或是賦予中心和邊緣的解釋，這是否忽略再考察後移民的華人社會，在認同意識中，呈現交織與多元並存現象，中國性和在地性可以相互交融？

在閱讀大山腳作家的作品時，無論是小說、散文抑或詩，以上的問題意識愈是強烈。大山腳作家們的「在地性」，源自於地方歷史與文化記憶、神祇信仰或祭祀圈所開展出屬於某時某地氣味的精神世界。例如葉蕾在〈嫂子們講的神鬼故事〉[8]散文中，無論是通過顯靈讓人發財的黃大仙廟、七月鬼節酬神戲的靈異事件，又或各種不同的觀音菩薩神話故事，讓人領悟「故事」為記憶入口，成為一個地方文化與歷史記憶的憑藉。文學的鄉野、神話與傳說，連接起人與人之間的精神與情感紐帶。另外，大山腳作品中頻密出現的「火車」是重要的象徵符號，大山腳作為北部交通樞紐，無論北上或南

覽時間，2018 年 2 月 6 日）。另一篇回應黃錦樹文章的作者為洛謀，〈「反離散」的前傳、挑戰／釁與其外〉，https://sobooks.tw/sinophone-literature-review-1/（瀏覽時間，2018 年 2 月 15 日）

[8] 葉蕾，〈嫂子們講的神鬼故事〉，辛金順主編，《母音階》（八打靈：有人出版社，2017），頁 122-129。

下，都得到大山腳的火車站搭乘，這使大山腳在經濟地理上佔據重要的地位；而火車站是日軍據地以及抗日等歷史記憶符號。從游牧的小說〈龍山鎮〉[9]以及憂草散文〈燈之夢〉[10]，皆有意帶出交通建設發展和小鎮村民的心裡期盼的衝突，讓鐵路和風水福地處於極大的張力狀態。這一切文學書寫突出村民對於自身居所如何自處於變與不變、新與舊、傳統與現代，以及歷史與現在交替之間的情感。

倘若如此，高度自覺為「在地人」的大山腳文學社群，是否已為離散貼上截止日期？他們如何認知祖先輩的移民歷史，居住地方的歷史和情感，以及通過文學形式保存歷史記憶？大山腳的移民歷史，使它具有濃厚的中國特色，但隨著歷史時間的演變，多元揉雜的文化形塑出其自身的歷史文化、生活形態以及信仰精神等。因此本文冀以「文學社群」為視角，考察與反思一個文學社群的認同發生與建構，如何從地景、地方，延伸至共同的地域意識，探索其中蘊含的問題與困境。過去論及文學社群認同，較是以「方言群」為認同基準，例如整理出所謂潮州籍作家、海南籍作家等，彰顯作家的籍貫特色，較少從作家的地方情感、地方依戀角度來解讀。本文則以韓國學者白永瑞對「地域」的闡發為基礎，白永瑞認為「所謂地域，不僅僅是已經固定的地理實體，更是人際活動所創造的結果。由於創造地域概念的主體多種多樣，要想建立共同的地域意識，就

---

[9] 游牧，〈龍山鎮〉，《母音階》，頁 16-26。

[10] 憂草，〈燈之夢〉，《大樹魂》（八打靈：海天出版社，1965），頁 10。

必須確立足以吸引同一地域的人產生共感的認同性」。[11]轉借白永瑞的觀點，進一步叩問在「書寫武吉」（無論是散文、小說或詩）的共同關懷底下，如何建構一個開放、溝通、多元以及和地方歷史、生活脈絡緊密相關「共生圈」文學社群的可能。於此同時，以大山腳的文學實踐，提供予反離散爭議一些參照。

二、過番南渡

一個地域社群的認同建構，脫離不了歷史記憶的紐帶，這其中又有鮮明的移民史的軌跡。王賡武在一九九〇年代即已把華人移民分為四大類型，其中包括：（一）華商，這個群體是在一八五〇年以前為華人移民的主體，該群體移民延續至今；（二）華工，這個群體是一八五〇年至一九三〇年的主要類型；（三）華僑，屬於一九〇〇至一九五〇年代的重要類型；（四）華裔或再移民，屬於一九五〇年代的主要類型。[12]不同群體有不一樣的移民路線，其中勞動階層的南下，無論是受戰爭影響，或為逃債，又或是欲下南洋淘金，一般都充斥著辛酸與血淚的故事。

在大山腳作家群中，有不少描寫「移民者」或被稱為「過番客」、

---

[11] 白永瑞，《思想東亞：韓半島視角的歷史與實踐》（台北：聯經出版社，2015），頁218。

[12] Wang Gungwu, "Pattern of Chinese Migration in Historical Perspective", in Wang Gungwu, *China and the Chinese Overseas* (Singapore: Times Academic Press, 1992), pp.3-21.

「新客」的故事。「過番客」、「新客」這兩個概念有不同的意涵，例如「過番客」較普遍為各方言群所使用，用以形容十九世紀以來到南洋謀生的中國人；[13]而「新客」則是峇峇人指稱比他們晚到南洋的「後來者」。[14]在大山腳作品中，有關過番客的故事特色大致著墨於：（一）成功和失敗的過番者的生存際遇，以及彼此在大山腳與中國兩地的維繫；（二）過番客的非法及艱辛的移動路線；（三）多元籍貫的過番客，構成武吉鎮的人口結構特色以及特殊生活風貌。

宋子衡早年小說〈虎骨酒〉即以同船過番的金紹瑞和黃克良兩個人過番後不同的生活際遇為故事主線，並以北京虎骨酒作為與家鄉聯結的情感記憶，在過番四十多年後回家鄉探親，最後始終抵不過死亡的召喚，金紹瑞與二弟從此真正分隔「兩地」。金紹瑞在七十歲時曾返回中國家鄉探望二弟，那時二弟透露了過番失敗的原因：

---

[13] 有關過番客的際遇，亦可通過「過番歌」窺探一二，參蘇慶華，〈怕死不來番：海南族群過番歌研究〉，《成大中文學報》第 42 期，2013 年 9 月，頁 221-242。

[14] 有關「新客」稱謂，本文借鑑李元瑾於新加坡的移民研究，她指出：「『新客』處於殖民地時代，歐洲勢力的東來，導致東南亞和中國淪為白人的殖民地和瓜分地。新加坡因為地理優勢而受到英國人的眷顧，英國殖民地政府為了在此地開拓與發展，於是積極吸引大量的勞動力。另一方面，近代中國外患不斷，滿清政府不堪西方的船堅炮利，不得不打開國門，並允許人民出洋。中國南部沿海貧民拜地理所賜，紛紛離鄉背井南下謀生，成為新加坡人口的主體。因為他們是後來者，所以被源自馬來亞的『峇峇』稱為『新客』。」參李元瑾，〈新加坡的中國移民：從「新客」到「新移民」〉，李元瑾、廖建裕主編，《華人移民比較研究——適應與發展》（新加坡：中華語言文化中心，2010），頁 168。

> 說什麼都沒用，一切都是命；那年我都想過去的，帶著秀花她媽和阿桃到了汕頭關口，因為阿桃是瞎了眼的，被海關阻止下不了船，那時候沒了法子，只好折回來，誰知年後媽因經不起苦難的折磨，趁著夜深帶著阿桃雙雙投溪死了，那時阿桃才六歲，兄！你不怨我照顧不了媽和你這個頭胎女兒吧？[15]

下南洋，際遇未明，總是先把家人小孩留在家鄉，一家團圓也是刻苦。失敗過番者，只能再等待機會，或永遠不會再有機會。但像成功來到武吉鎮的紹瑞，是否就可過著安穩風光的生活？其實不然。〈虎骨酒〉述說的過番客中，除了黃克良以外，其實都過著底層生活，如紹瑞就感嘆說：「到底還是這雙腳先歇下了，殘年晚景，落得只好早上在巴剎口賣幾把棬葉，晚上在麗光戲院門口擺幾包香煙。」[16]又或〈蛋〉中賣魚的胡伯，在中國聽說到南洋淘金賺錢的機會，拾著簡陋的包袱便和新婚妻子上船。之後在大山腳靠著賣魚養大三個兒子，期盼小兒子接受好的教育後會出人頭地。[17]張瑞星（張錦忠）在早期一篇評論中，曾提及「宋子衡的小說流露出一股濃郁的悲劇氣氛。悲劇來自人的尊嚴與命運對峙以及人完成完美而進入人的位置底姿態」，[18]似乎也是小說中過番客的人生基調，那一篇篇的故事，如陳政欣所說：「述說了武吉鎮作為唐山客的移民鄉鎮

---

[15] 宋子衡，〈虎骨酒〉，《冷場》（八打靈：蕉風月刊），頁 233。

[16] 宋子衡，〈虎骨酒〉，《冷場》，頁 225。

[17] 宋子衡，〈蛋〉，《冷場》，頁 185。

[18] 張瑞星，〈宋子衡小說中的命運與完美意識探索（1972-1975）〉，《冷場》，頁 267。

所穿透過的風風雨雨的歲月。」[19]

陳政欣的小說，則側重描寫中國移民如何經由泰國和馬來亞的邊界，抵達武吉鎮，成為鎮上的「新客」。巴剎是早年中國移民聚集在大山腳的據點，尤其集中在巴剎後方的土埕，那裡儼然已是「中國街」。〈中國街〉這篇，最具體敘述中國街的氛圍、景觀、氣味等：

> 一九四五年第二次世界大戰結束後，還得等候上一兩年，中國南海上的船運才逐漸恢復。過後的幾年，武吉上有過一小股的移民潮，靜悄悄地進駐。那時百廢待興，英國殖民政府還在各個港口設卡置關時，就有郵輪從汕頭運送過番客來到泰國的曼谷，再從那裡搭乘陸路交通，把過番客們送到泰國和馬來亞的邊界。風高夜黑，在引路人率領下，番客們爬山越嶺，到了邊境，再經過四五個小時的卡車顛沛，初升的太陽才爬上鎮後大山的峰巔，這批新客已在武吉鎮上妥善安頓了。[20]

如前所述，不同時期的移民潮，因應中國不同的情勢，除了戰爭因素以外，在新中國成立後，後來的地主批鬥，應是指涉在一九六六年始的文化大革命，資產階級者皆受到對付。小說中頗生動描繪大山腳中國街的移民，無不受到中國時局動盪的牽動，惦念與焦慮在家鄉親人的處境。

> 一九四九年唐山的共和國成立了。先是喜悅，過後不久，鎮

[19] 陳政欣，〈武吉行走宋子衡〉，《文學的武吉》（八打靈：有人出版社，2014），頁 99。

[20] 陳政欣，〈中國街〉，《文學的武吉》，頁 169。

> 上的唐山商家們傳染似地一個個驚慌失措，說是鄉下的老家被鬥地主了，說是爸媽爺姥都挨打批鬥，唐山是萬萬不能回去了。在武吉上賺了錢的，沒幾個不在戰前把血汗錢匯回鄉下購田買地，建業置產的；如今卻讓父老爹娘當上了地主被批鬥，真的是哭都沒淚可哭。這期間，中國街上的婦女們無不愁眉不展，愁腸百結。[21]

唐山、唐人、過番、新客、僑批等符碼具有多重的意義，不僅止於追溯華人身分的正當性，又或追認與中國的關係，也是中國性最鮮明的特徵。在大山腳作家的書寫中，作家們記載多樣化的方言群，匯集各種唐山鄉音，藉此鋪展出小鎮的人口特色，同時也關心「南來」讀書人與一個地方「斯文」傳承的聯繫。如〈武吉英校〉中記述：「當時武吉鎮的華文教育，已從傳統的私塾教育發展為民辦的公民華文教育。一些師資也從開始的唐山秀才，演進成民國以後的新時代讀書人，執教的也都是從中國南方沿海或香港南來的說民主講科學的新青年，教導除了文言文的朗誦，還有五四白話文的書寫。」[22] 又例如宋子衡〈絕望〉中重視華文，一肚子滿載舊書乘船南來的伯父等。[23]

追溯或追憶先輩拓荒以及文化傳承的故事，是文化與身分認同追尋的必然途徑。宋子衡小說寫於一九七九年，馬來亞獨立建國二十多年，小說中移民者的原鄉情感依然濃烈。陳政欣的《文學武吉》

---

[21] 陳政欣，〈中國街〉，《文學的武吉》，頁 169。

[22] 陳政欣，〈武吉英校〉，《文學的武吉》，頁 48-49。

[23] 宋子衡，〈絕望〉，《冷場》，頁 111。

亦有多篇作品皆述及武吉鎮的中國移民事蹟，寫於二〇〇九至二〇一三年期間，那時武吉鎮的人口結構以及空間景觀已大有改變。陳政欣曾揭示自己是採取虛構、魔幻與推理方式，以虛實相間文學形式構思、書寫武吉，所以本文不把文學作品視為直接的史實或史料。可是文學的虛構也可追溯其想像的基礎，歷史的想像也並非憑空而生。過番客、中國街的鎮民、識字的讀書人等，當他們出現在大山腳作家講述先輩移民的故事中時，每一句話、每一個情節與場景氛圍背後的歷史與文化思維，仍可透露作家的歷史意識以及小說家的當代意識。小說折射出的其中一個關懷面向，是當代移民潮結構的改變，改變了武吉鎮的地貌空間，如陳政欣曾在接受訪問時提及：「一個年代推著一個年代走，今日街上外勞就像當年湧入的先輩，我從他們身上看見他們的眼淚與汗水，甚至想像未來就是他們的天下。」[24]然而，要如何思考一個地方外勞的身分？他們是暫居者或移居者？他們的足跡又如何形成另一種武吉風貌？

三、反殖與馬共

大山腳有其獨特的山勢地理位置，在日本佔領時期，是日本軍重要的據地，也是馬來亞共產黨（以下簡稱馬共）主要的戰役場所。在大山腳作家作品當中，日據時期的日軍軍事基地、游擊戰場、移

---

[24] 〈大山腳傳奇二：尋覓武吉的文學印跡〉，《星洲網・生活誌》，2018 年 2 月 13 日。http://www.sinchew.com.my/node/1723630（瀏覽時間：2018 年 3 月 1 日）。

民新村等，成為最鮮明的歷史記憶與場所符號。火車站、雨樹、紅屋、大山等是書寫的重要意象，讓作家得以重返馬來亞抗日抗英，以及馬共反殖抗戰的歷史脈絡，也提供反思馬共在獨立前的戰役意義以及獨立後的戰鬥緣由。

陳政欣在〈一排雨樹〉中如此描述：

> 日軍挺進武吉鎮時，第一項安全措施就是在這排雨樹前架建籬笆網，整個火車站與鐵軌區域都執行軍事管制。那時期，火車站前有哨兵站崗，附近的鐵道倉庫更是軍火聚散重地，時不時會有一兩聲槍聲響徹雲霄，告誡著武吉鎮民，這時期是誰在這鎮上統治著。[25]

在日軍佔領馬來亞的三年零八個月期間，鎮上肅殺冷峻，文學中的記憶，不乏如此。陳政欣筆下的雨樹，不是供納涼的樹蔭，而是人們慘痛的回憶。雨樹的週邊是警戒區、是忌諱地帶。而馬來亞獨立後，衍生出各種有關雨樹的傳說，如血紅的液體、殘骸的白骨或人臉的映像等。一如王潤華在《重返馬來亞》詩集中，以紅毛丹樹誌寫日軍的霸佔、殘忍——「行進樹下／每一粒紅毛丹／都像他們國旗上中心的太陽／而且香甜解渴好吃／他們強迫村民／爬上樹摘取／後來又命令把樹幹砍斷／這樣更容易霸佔搶奪」，接下來又寫道：「日軍離開後的鄉村／路旁紅毛丹樹全倒下去了／很多為他們砍樹的年青人／頭也被砍下／大雨開始下個不停／紅色河水開始泛

---

[25] 陳政欣，〈一排雨樹〉，《文學的武吉》，頁56。

濫」。[26]雨樹和紅毛丹樹，原本是大山腳和金寶人人可親的植物，卻在歷史記憶中成為殖民者殘暴的象徵符號。

菊凡的小說〈那間紅屋〉，通過夢境重返兒時和玩伴在那間「神秘又妖氣很重的紅屋」旁玩耍的情景，營造出日本佔領期間，日軍審判與執行的場所氛圍；爾後，鎮上便流傳著紅屋裡的各種鬼故事，添加詭異、威懾人心的故事元素。[27]小說在成年後的大人和孩童的敘述視角穿叉，述說紅屋的陰森、詭異與危險。尤其是孩童時期的聽覺異常敏銳，無論是風吹的沙沙聲、雞的咯咯聲、鳥的唧唧啾啾，淅瀝淅瀝的流水聲，以及像鞭炮聲的槍聲，對紅屋的好奇與恐懼如毛細管一樣延伸到生活各個層面。黃錦樹曾指說孩童限制觀點的好處，是可以把太複雜的事情，如紅屋的懸疑「一點一滴、欲語還休的披露」。[28]

陳政欣在〈武吉的孩童〉一文中，像是走進菊凡小說中孩童的身體，複述〈那間紅屋〉的蕭索場景，甚至把〈那間紅屋〉和〈那段恐怖的日子〉的敘事時間貫穿起來——「同樣的這個孩童在小說集裡的〈那間紅屋〉，講述的就是一九四四年武吉鎮上日據時期的一段軼事傳說。〈那段恐怖的日子〉裡，又轉到一九五〇年前後去敘述那

---

[26] 王潤華，《重返馬來亞》（柔佛：南方大學學院，2017），頁 33-34。

[27] 菊凡，〈那間紅屋〉，《大街那個女人》（吉隆坡：大將出版社，2012），頁 29-43。

[28] 黃錦樹，〈叔輩的故事〉，收錄於菊凡，《暮色中》（柔佛：大河出版，2016），頁 191。

段馬共與英殖民政府在武吉鎮上鬥爭的血腥故事。」[29]

在〈那段恐怖的日子〉小說中，菊凡以一九五〇年代的戒嚴為背景，當時英軍重返馬來亞，仍然繼續殖民馬來亞，而馬共，或當地人俗稱的「山頂人」則存在於居民的繪聲繪影之中，他們喬裝成不同身分，混入一般日常的鎮民生活。在〈那段恐怖的日子〉，小說中的主要人物彭苟，表面上是個賣「辣沙」的年輕小販，實際上卻是潛藏在「我」家裡，與馬共有密切聯絡的人。[30]彭苟是從怡保到大山腳做生意的年輕人，有著不起眼的普通外表，生活簡單、節省，但他的行徑卻引起「我」的叔叔的懷疑，揣測他和「山頂佬」有關，是馬共的聯絡員，最終彭苟以回到怡保的理由而離開大山腳。「我」後來在警察局告示板看見彭苟被通緝的照片，才終於有所領悟。另外，小說中的陳老師和梁老師，突然離職回中國，沒有特意說明理由，是否肩負特別任務，惹人揣測，留給讀者想像的懸念。

在日據時代，武吉鎮是重要的軍事基地，而武吉鎮後面的大山（卓坤山）因其特殊地貌，成為馬共游擊隊抗英時匿藏的根據地，陳政欣〈戰略要地〉如此形容：

> 武吉鎮後的大山，是南北走向，東靠向吉打州居林，連綿起伏的山巒延展到中央山脈。到了那裡，南下整個馬來半島，北上馬泰邊陲叢山，東向國家森林公園後的東海岸。這裡就是一條政治與軍事管轄不到的熱帶叢林走道，是雲霧籠罩下

[29] 陳政欣，〈武吉的孩童〉，《文學的武吉》，頁 113。

[30] 菊凡，〈那段恐怖的日子〉，《大街那個女人》，頁 1-59。

山巒連綿不斷最好的游擊戰場。[31]

這條被喻為「熱帶叢林走道」的「山路」，其實在「唐山沿海下南洋的過番客，在經過這一段重巒疊嶂時，是受到馬共的指引和保護。」[32]有意思的是，在大山腳作家筆中，對於馬共事蹟與行徑在多種傳說流傳下，不流於是好人或壞人的單面化或二元化的說法，而是擁有多種面孔與形象。

在陳政欣〈我的老三叔〉這篇小說中，最具體表現出國際間的政治氛圍，以及當時武吉鎮各不同的政治構想。老三叔原來作為中華民國遠征軍到緬甸，後來輾轉到武吉鎮後成為殖民地政府官員，負責上山拉攏抗日軍以及勸服馬共歸順的重要任務。小說家透過親英立場的老三叔的口中，對馬共的認同與鬥爭目標提出質疑：

有人說這批紅色分子是在北方政權的授意或指導下，而執意向殖民地政府對抗。老三叔認為，這個說法是不能成立的。在這段期間，英殖民政府是願意向前抗日人民軍妥協和招安的。老三叔說他就是不明白，在當時沒有任何外援和思想指導下，這些紅色分子還會執意地拼命反抗，究竟圖的是什麼？建國嗎？這批第一代的紅色分子大都是中國的遷移者，只有少數是土生土長。這些人，是在怎樣的構想下要建立怎樣體制的國家？[33]

在抗日時期，馬共是合法的組織，直到一九四八年六月廿日緊

[31] 陳政欣，〈戰略要地〉，《文學的武吉》，頁25。

[32] 陳政欣，〈我爸1948〉，《小說的武吉》，頁21。

[33] 陳政欣，〈我的老三叔〉，《小說的武吉》，頁43。

急法令在全國頒佈。具體的影響是，馬共被判為非法組織，轉為森林游擊戰略，其次是為隔絕與馬共的接觸，英殖民政府實行「新村計畫」(The Briggs Plan)。[34]一九五七年馬來亞獨立，馬共面對是否繼續鬥爭的考驗，最後延續在森林裡的抗爭。一直到一九八九年，馬共在合艾簽署三方和平協議，總共有一千一百八十八名馬共成員放下武器、走出森林。有一些人逗留在泰國邊界的和平村，有的則返回家鄉。經過二十多年以後，不少前馬共累積了經濟資本，成立了出版社，例如 21 世紀出版社、南島出版社等，重新書寫和整理馬共的歷史文獻，開始發出自己的聲音。[35]

小說中老三叔質疑馬共的政治理想與鬥爭目標，在歷史現實中，在馬來亞的中共和在地的馬共，如何協調鬥爭的大方向，本是不容易回答的問題。再加上馬來亞時期擁有各不同的政治思潮和國家想像，像是民族主義、社會主義、伊斯蘭主義、共產主義以及馬來亞意識等，構成各不同群體的思想認同以及追求不同的政治體制。早期中國共產黨員南下，雖其主要目的為反殖反帝與宣揚共產思想，但其目光不僅望向中國，不少馬共已有馬來亞化的傾向，在一九四

[34] 有關新村的研究，可參林廷輝、宋婉瑩著，《馬來西亞華人新村五十年》（吉隆坡：華社研究中心，2000）、潘婉明，《一個新村，一種華人——重建馬來（西）亞華人新村的集體回憶》（吉隆坡：大將出版社，2004）。

[35] 潘婉明，〈馬來亞共產黨史的生產與問題〉，《人間思想—亞洲現代思想計劃專號》（台北：人間出版，2012），頁 155-169。另可參何啟才，〈重返馬來亞：馬來亞共產黨的南下策略與意義〉，魏月萍、蘇穎欣主編，《重返馬來亞：政治與歷史思想》（吉隆坡：亞際書院、策略資訊研究中心，2017），頁 126-139。

七年發起「馬華文藝獨特性論戰」[36]的馬共作家周容（金枝芒）即是一例。馬共的建國理想是什麼？其欲為馬來亞注入怎樣的思想價值？可惜在一九四八年緊急狀態以後，失去了參與獨立建國協商的機會。再加上認為一九五七年馬來亞的「獨立」不是實質的獨立，於是延續漫長的武裝鬥爭。

老三叔自覺於自己「外來遷徙者」的身分，不願過度介入當地的政治。但「我」的父親雖然是過番客的第二代，並不把自身排除在華裔的政治權益以外，反而開始反思在他出生年一九四八年實行的馬來亞聯合邦制度（Persekutuan）其中所包含對膚色、特權和種族的問題。

> 我爸說：如果你詳細閱讀這馬來亞聯合邦的建國綱領和憲法，你就會警覺，我們華裔的人權從那時開始，就很不公平地被典當出賣了。英國人為了對整個馬來半島的正當統治和經濟利益，矢志不渝地整頓和壓制了任何政治上的分歧和對抗，並因此，讓公正的天秤從此失衡，倒向另一個單一的種族。從此種族主義一直籠罩著這個國家，夢魘般地糾纏著這

---

[36] 方修把這場論爭看作是「馬華文藝的一個自立運動」，楊松年則認為「馬華文藝獨特性」與「此時此地」，彰顯了當時馬來亞寫作者「本地意識高漲」，而一些馬共作家認為「寫此時此地的現實」，其「現實」的指涉不是「中國」而是「馬來亞」，透露出馬共的本土認同。莊華興則進一步論說，馬華文藝獨特性論爭之於文化界，不是一個文學的問題，而是馬共文化人和中共文化人，對文化文藝服務對象產生嚴重分歧的結果。參魏月萍，〈此時此地：馬華與中國左翼革命文學話語競爭與轉化〉。

土地上的每一個靈魂。[37]

在英殖民政府的冷戰思維裡，「反共」和「分而治之」是治理馬來亞的兩大要素。這種思想遺緒在往後的馬來西亞政治體制仍然延續。在反殖、爭取獨立的年代，大山腳作為其中一個主要的戰役地，提供作家們思考「獨立」的意義，而今天的國家體制又是否延續反殖抗爭中的理想主義，打破以種族主義為基礎的霸權體制？

四、武吉地誌

如果說書寫過番客與反殖抗戰，凝聚的是作家的歷史思維與記憶，書寫地方活動的「地誌文字」除了「記憶」以外，也重視「空間」的面向。按 J. Hillis Miller 在《地誌學》的解釋，地誌書寫可以延伸出三種解釋：一是對某個地方的書寫活動、二是對某個地方或區域所進行鉅細靡遺及精確描繪的藝術或實踐成果、三是包含河川、湖泊、道路、城市在內的各種立體地形在內的地表輪廓之描繪。[38]陳大為在探討馬華散文的地誌書寫時，曾提出三個主要要素——感覺結構、場所精神以及場所結構，[39]而我認為大山腳作家地誌書寫中的共同表現，乃在於「鄉」、「故土」以及「精神依戀」幾個關鍵詞。

---

[37] 陳政欣，〈我的老三叔〉，《小說的武吉》，頁 36。

[38] J. Hillis Miller, "Introduction", *Topographies*, California: Stanford University Press, 1995, pp. 3-4.

[39] 陳大為，〈馬華散文的地誌書寫〉，《思考的周圓率——馬華文學的板塊與空間書寫》（吉隆坡：大將出版社，2006），頁 111。

方路的散文不乏地誌書寫，他或非刻意為之，讀來有一種緩慢散步的悠久感。離開大山腳在八打靈工作，每回春節或假日回鄉，總會到鎮上觀看鄉民的日常生活，各熟悉的場所，重拾舊時記憶時光。大山腳不是他客觀探索的對象，而是具有情感意義、文化想像而勾勒出來的記憶時光圖像。例如在〈三十九歲的童年〉這篇散文，經由童時的拾荒經驗，深描的地景，如雞舍、靈師壇、伯公埕、玄天廟、菜巴剎等地方，走入大山腳的時光隧道。

> 侄兒抓著我的衣角叫我往前走，不過他不知往前走路還有多遠。過了一個小小的十字路口，左邊小攤擺著白人囉吔，對面矮矮的店舖是新潮飯店、容記飯店、興隆花業商行、曼谷中泰海鮮飯店，接著是一棵老橄欖樹下的石三戲院、益華書店、大馬旅社，轉一個彎看到火車站頭間店舖萬宜樓，記憶從窄窄的木門進入了時光軌道。[40]

大山腳宗教氛圍濃厚，廟宇林立，鎮民日常生活中，不時有機會進入神聖的宗教空間氛圍，如方路對「原南壇」空間感受的描繪：「壇門大開，廳內寧靜如湖心，沒有漣漪。寬敞的大堂，在午後靜靜地細數時光的流逝。」[41]廟宇往往會有答謝酬戲的戲班上演，陳政欣在〈戲棚腳〉提及伯公埕的空地上「上演的有潮劇、閩劇、瓊劇、廣東大戲和時代歌舞劇等。」[42]陳政欣把民間的酬神戲班演出，視為一個歡娛的「公共空間」（public sphere），鎮民藉此共享敬拜神

[40] 方路，〈三十九歲的童年〉，《單向道》（八打靈：有人出版社，2015），頁37。

[41] 方路，〈七月鄉雨〉，《單向道》，頁56。

[42] 陳政欣，〈戲棚腳〉，《文學的武吉》，頁67。

明的神聖感，戲棚周邊也是小攤販的流動空間，甚至有一些變魔術、耍雜技等玩意兒，成為鎮民世俗與神聖交融的精神場所。又如前面所提及葉蕾的〈嫂子們講的神鬼故事〉中無論是賜財的黃大仙、包公頭上的彎月、蛇神、手捧炸彈的觀音及盂蘭盛會的鬼王，不同廟宇各承載不同的民間傳說，寄托出鎮民的精神生活形態、虔敬背後的道德約束等，表現出武吉鎮的「常民文化」。

武吉地誌書寫的凝視眼光，深刻的地方情感與精神依戀，所揭示的是「大山腳人」的家鄉情感、文化情懷、在地認同；而其身體經驗、感覺意識與精神結構，都深嵌於自身的生活經驗脈絡。換言之，家鄉也是原鄉，但鄉音並非僅指鄉愁，那是連接過去與現在的文化記憶與文化紐帶。

五、文學共感的地域學？

本文借用白永瑞所談的「地域」觀念，它不是指固定的地理實體，而是「人際活動」所創造的結果。但人際活動不等同於人際關係，而是指大山腳作為一個地域，如何在其內外創造與聯繫不同的人的活動。[43]例如以上論及「過番南渡」、「反殖與馬共」以及「武吉地誌」三個面向，可說構成大山腳作家群作品聯繫的內在關係與認同意識。一般而言，文學社群主要通過文學社團、文學雜誌抑或文學活動漸序形成一個文學共同體，但我認為如何追索文學作品背

[43] 詳論可參白永瑞，《思想東亞：韓半島視角的歷史與實踐》，頁 218-230。

後具有的「共感」因素和動力，也是另一種群體認同的建構。「共感」具有「共振」的意涵，它使彼此在歷史與文化記憶上有所共鳴，追求差異的共存，以能促進彼此的理解。歷史學家保爾·湯普遜（Paul Thompson）曾經指出，大多數人都擁有在某些回憶時會釋放出強有力感情的記憶，而回憶我們自己的生活對於我們的自我感覺是至關重要的，因為記憶可以加強，甚至重新獲得自信。[44]但記憶只是獲取共感的一種方式，如何在相互的記憶中可以溝通、理解與共鳴，達到共感的效果，才至為重要。

從「過番南渡」、「反殖與馬共」到「武吉地誌」的書寫與記憶脈絡，彷彿是從馬來亞到馬來西亞的演進過程。在這當中，如何認識大山腳是歷史進程的一環，文學書寫扮演了歷史與文化記憶保存和溝通方式。「大山腳文學」作為一個「地域空間」，在歷史共感、情感聯繫以及常民生活互動等方面，呈現出其獨特的表現形態，構成大山腳本身的地方文學敘事。而所謂的文學地域學，除了關注人的文學的介入，也在意通過書寫本身，重新發現一個共同體彼此之間的共鳴。此外，作家縱然書寫大山腳以外的地方，亦能與大山腳的歷史與文化產生關聯與對話，例如作家小黑在一九八九年離開大山腳而落腳於實兆遠，那一年也正是馬共簽署《合艾和平協議》之時；在陳平出生地遙想馬共事蹟，繼而寫成《白水黑山》等多部以馬共為題材的小說，讓大山腳和實兆遠因馬共而形成某種記憶的聯

---

[44] 保爾·湯普遜（Paul Thompson）著、覃方明、渠東、張旅平譯，《過去的聲音》（香港：牛津大學出版社，1999），頁 192。

結。[45]然而，要如何維持地域文化的多樣化，才能避免落入狹隘的地域主義觀念？例如如何把逐漸改變武吉鎮空間景觀的外勞，視為武吉共生的生活群體之一，更具挑戰性。若能把這問題放到更大的全球勞力移動的脈絡中來審視，挖掘大山腳人的流動形態，也許能找到更多共感的理解與認同基礎，其中如何包含（包容）他者（包括其他族裔）。

再回到前面所論史書美提出的問題——逐漸成為「當地人」的歷史演變進程，是否就如前面所論，意味著離散的終結？或許不然。大山腳這地方，雖然保留了種種中國移民的軌跡，但它所衍生的歷史意識、文化情感與生活文化，已經隨著時間的推移，形成大山腳自身的樣態。常民文化中的民間信仰精神，和一般移民社會的「移神移鬼」模式無大差別；又如鎮民仍保留的方言和鄉音，那是自然衍生的離散文化意識，並不影響作為「大山腳人」的在地認同，漸循形成大山腳的文化傳統。

† 本文初稿曾宣讀於「大山腳文學國際學術研究會」，2018 年 3 月。修訂於 2018 年 12 月。

---

[45] 如小黑所說：「這裡有著太多共產黨的傳奇故事，住下來後，就會為豐富的文學素材所激發。」《星洲日報》，「我與大山腳的文學因緣十之七」《那些年那些事》（2018 年 2 月 8 日）。

梁放小說中的「主體認同」與「書寫認據」意識

掌中躺著紋路／紋路淌著水流／水流躺著你的身影／你的身影淌著我的／鄉土／淤積成青山乾渴的記憶／三分蒼鬱七分惆悵

——沈慶旺〈拉讓江〉

一、「犀鳥之鄉」的圖騰

論及馬華文學，由於常期以來受到族群和語言因素的影響，過去爭議的關注點較集中在「華人」抑或「華文」的書寫問題，揭示有關「族裔」與「語文」的難題。[1]在這以後，全球化浪潮和跨國

---

[1] 這樣的難題一般出現在多元族群社會，寫作者用什麼語言創作，其作品歸屬

流動的衝擊，游離在家國之外的「離散文學」（尤以在台馬華文學為主），儼然成為在地馬華文學的另一個參照面。縱然如此，離散與在地，隱然形成兩地寫作人內在緊張和張力。[2]離散文學跨越國家的疆界，在旅居地和家鄉之間形成雙邊的觀照眼光，使文學文本成為有意義的文化生產及批判空間。而「在地」則強調地方文化實踐，土地的連結以及地方情感，文學和地方知識或地方話語構成緊密的內在關係。當「地方」成為書寫的主體依據，個人便可通過書寫從地方連結中獲得其主體身分，這樣的「身分」有時是以「替代認同」（alternative identity）的形式出現。換言之，身分認同可以是多元且有選擇性，不一定需要被框入在「馬來西亞」國家的名義當中。離散與在地，並非不能對話，如何相對化彼此的經驗，例如跨越國家而以地方聯結彼此的地方經驗與情感，那樣雖不一定達至「合則雙美」的效果，至少可以減少「兩傷」的煙灰。

在馬華文學版圖中，砂華文學似乎是另一個獨立的文學系統，

定位多數以其語文為界線。黃錦樹、張錦忠和莊華興合編的《回到馬來亞——華馬小說七十年》，便是試圖「跨越語文的局限」。小說集收錄了華裔馬華文學、華裔馬英文學以及華裔馬來文學的作品，以更全面展現「華馬文學」的多樣化書寫形態。

[2] 兩地文學的張力，已從早期的美學標準與意識形態的分歧，延伸至文學政治身分、文學作品的歸屬、國籍論以及文學出版與生產等問題。尤其是「在台馬華文學」的「離散」或「移民」身分益加尖銳化，以至出現認同離散有其終止的「反離散」聲音。具體討論可參拙作〈我不在家國——馬華文學公民身分建構的可能〉，《思想》第 26 期（台北：聯經出版社），2014 年 10 月，頁 55-73。

有著不一樣的文學歷史與文化發展脈絡。[3]「砂華文學」的名稱最早見於一九五〇年代，那時東南亞各地紛紛爭取獨立或自治，砂拉越也處在反殖反帝的嚴峻氛圍，華文文學自然脫離不了當時的政治與文化氛圍，尤其是左翼報紙與刊物十分蓬勃。[4]在左翼思想的影響下，作家們關注邊緣人物、低下層人民以及勞動階層等弱勢群體。田農編輯的《馬來西亞砂拉越戰後華文小說選（1946-1970）》，便可清楚看出一九五〇至七〇年代文學關注的對象、創作理念以及它所反映出那時代的思想意識與精神狀態。[5]特別是在砂拉越獨立前後時期，如何處理「認同的選擇」，「回去」或「留下」著實困擾著不少知識分子。認同的糾葛，正是主體意識建立的起點。這當中重要的工作，是要處理自己和腳下土地之間的關係，以及接踵而來的問題：該如何認知？如何宣示相互的關係？探索與土地的親密性也意味著本土意識的滋長，一旦確立了祖國對象的認

---

[3] 陳大為曾從政治史和文學史兩個層面來分析砂華文學的獨特性，從政治角度而言，砂拉越在一九六三年加入馬來西亞前已是獨立發展的國度；從文學角度而言，其也有自己的文學體制和文壇生態發展。詳論請參陳大為，〈消逝中的婆羅洲——砂華散文「場所精神」之建構〉，《台北大學中文學報》第五期，2008年9月，頁273-294。

[4] 可參田英成，〈反殖運動時期砂拉越左翼華文報章研究（1956-1962）：以《新聞報》、《民眾報》及《砂民日報》為研究基點〉，收錄於陳琮淵、吳誥賜合編《傳承與創新——砂拉越華人社會論述》（砂拉越：華族文化協會2011），頁51-64。

[5] 田農主編，《馬來西亞砂拉越戰後華文小說選（1946-1970）》（砂拉越：華文作家協會，2009）。

同，告別中國便成了一種必要的儀式，才能清楚安頓個人的心理和精神嚮往。然而，一九六〇年代「大馬計畫」的合併，增添了認同的困擾，不少東馬人在合併中感受淪為二等公民的屈辱感，雖說是脫殖，實際上卻是揉雜創傷的獨立。一直到今日，砂拉越人對「馬來西亞」薄弱的認同，更加強他們對地方的存在感以及地方依戀。「地方」的依存感寄托著濃厚的「鄉土」意識，這個鄉土可以指向砂拉越，又或婆羅洲。在砂拉越，文學中的鄉土意識，不僅僅只是對地方歷史記憶的整理或紀錄，又或是通過人、景和物來建立所謂的「在地知識」，它的深層意義恐還包含對「馬來西亞」的內在抗議。「犀鳥之鄉」成為寫作人獨特的心靈和精神圖騰，在無奈被推進建國與合併的強制性認同中，找到自由呼吸的空間，成為「替代認同」的精神寄托所在。[6]如同沈慶旺的詩作《哭鄉的圖騰》溫柔繾綣，〈拉讓江〉中一句「你的身影淌著我的鄉土」，對鄉土頃注真摯與濃厚的情意，折射出婆羅洲作家對於這塊土地最虔誠的愛與關懷。

砂華文學獨特的文學個性和文化面貌，不僅擁有鮮明的「地景式」的文學素描創作方式，[7]同時勾勒出大量的地方知識，建構與

---

[6] 魏月萍，〈告別與認據：砂華文學的聚落與離散場域——田思《砂華文學的本土特質（評論集）》書序〉（吉隆坡：大將出版社，2014），頁 4-5。一般東馬人對「馬來西亞」計畫有著兩種說法，一是認為它是冷戰的產物，英國人和東姑阿都拉曼有意對抗在東南亞的共產活動；二是利用該計畫來對抗印尼。

[7] 可參鍾怡雯〈論砂華自然寫作的在地視野與美學建構〉，收入鍾怡雯、陳大為編《馬華散文史讀本 1957-2007 （卷三）》（台北：萬卷樓出版社，

宣示「書寫領據」的範圍和正當性，形成特殊的文化地理文學身分。例如莊華興曾提及東馬砂拉越作家梁放的文學實踐特色，展現在「地方書寫」、「跨文化」和「去族際化」（de-ethnicitised）[8]三方面的視角，同時採取一種近乎素描式的田野創作手法。梁放的作品不算豐碩，但無論是散文或小說都嶄現強烈的自我個性。相較於張貴興文字的「瑰麗」、「詭媚」、李永平的「綿延」、「細密」，梁放的文字平實，讀起來缺乏波瀾迭宕起伏的感受，卻實在反映砂拉越的族群文化、土地情感、鄉土情懷以及生活面貌。本文冀以梁放的小說為主，探討其小說如何透露個人與土地、族群及家國依戀。梁放早期的小說，大多數出版於一九八〇年代，反映出東馬加入「馬來西亞」後二十年間，小說家如何思索自己的文化身分和認同。而時隔多年以後，梁放於二〇一四年出版的小說《我曾聽到你在風中哭泣》，更嵌入砂拉越左翼抗爭的大歷史敘事，反思革命、理想主義與家園的關係。通過這一系列的小說，可窺探砂華文學中的「主體認同」與「書寫認據」（claiming for write）追尋與思考的基本雛型。

2007），頁 395-423。

[8] 莊華興，〈梁放作品再讀〉，《當今大馬》專欄「前夕乍曉」，2013 年 1 月。http://www.malaysiakini.com/columns/218810。

二、鄉關何處

砂拉越原來和汶萊、沙巴共稱為「北婆三邦」，但於一八四一年起，汶萊把砂拉越割讓給布洛克（James Brooke），此後砂拉越由布洛克王朝所統治，稍後成為英國的保護國。一九四一年的太平洋戰爭，日本侵佔砂拉越，經過三年八個月的黑暗時期。一九四五年日軍敗退，砂拉越擺脫了日本統治，卻同時淪為英國的殖民地。直到一九六三年，砂拉越加入大馬來亞版圖，成為其中一個州屬。[9]

（圖片來源：馬來西亞佳禮資訊網）

[9] 田英成，《砂拉越華人社會史研究》（砂拉越：華族文化協會，2011），頁53。

梁放，原名梁光明，一九五三年出生於砂拉越的砂拉卓（Saratok）這個地方。他曾到英國念土木工程，後來又負笈到英格蘭攻讀土壤力學碩士，回國後從事土木工程師，目前已退休。已出版的小說集為《煙雨砂隆》（1986 初版，1989 再版）、《瑪拉阿妲》（1989）；散文集為《暖灰》（1987 初版，1991 再版）、《舊雨》（1991 初版，1993 再版）、《讀書天》（1993）、《遠山夢回》（散文自選集，2002）。時隔多年，梁放的長篇小說《我曾聽到你在風中哭泣》在二〇一四年九月出版，被莊華興比喻為一部「建國小說」，小說透過左翼鬥爭和跨族群寫作交織帶出了國家主體追尋的主題。[10]針對梁放寫於一九八〇年代的小說，莊華興認為仍無法超脫「傳統的華人敘事身分以及對他者世界刻板的認知」。本人縱讀梁放各短篇小說，深刻感受其小說中「他者」的刻劃以及生命情感，透露的是對身分和認同的焦慮與追尋，以及文化情感的安頓問題。多篇小說中的主要人物都曾表現出矛盾、掙扎、煎熬和羞愧的心理，但另一方面，也有思慮釋然後的坦然與篤定。這樣的多樣化和起伏的心理狀態，正說明身分認同的多元性和複雜性，是一個長時段的心理和精神演變的過程。這樣的心理狀態的演變，最明顯表現在〈龍吐珠〉這篇小說。

早在一九九〇年代，不少文學評論者在討論梁放的短篇小說

---

[10] 莊華興，〈梁放跨族群小說的國家與美學雙主體追尋〉（下），刊載於《燧火評論》。按莊華興所言：《哭泣》是戰後砂拉越左翼建國抗爭史的一個橫切面。小說圍繞在一個華伊混血男孩、一個砂共女戰士和一個叫建國的華裔領導之間的愛情與理想糾纏的故事。http://www.pfirereview.com/20140911/。

時，對〈龍吐珠〉評價極高，如孫彥莊提及：

> 梁放的這一篇小說則令人有耳目一新的感覺，原因是選擇具特殊背景的砂州為故事背景令他有更大的發揮。砂州土著伊班人的低微社會地位及其善良、逆來順受、忍耐力強的民族性格令印代成為阿爸「回唐山」意識與行為的犧牲品，加強了故事的悲劇性，而另一個犧牲品古達，從小因身上有一半母親伊班血統而受到歧視、長大後恥為「拉子」，憎恨自己的身分而不願意認娘的做法，更為讀者帶來了極大的震撼力與感染力。[11]

〈龍吐珠〉以「我」欲去長屋接他的伊班母親（印代）回古晉，繼而勾起童年一段記憶為序幕。這段記憶充滿了張力，小說敘述「我」在面對來自唐山父親的回歸決定，以及忍耐成性的伊班母親之間，表現出身為「私生子」的焦躁和不安。年輕的「我」不但困惑於自己的身世，也質疑所謂「家」的意義。

> 到今天，我還不明白。難道我不也是阿爸的骨肉？難道印代不也是他的妻子？印代十幾年的服侍和所付出的青春真的抵不過他與中國妻子那幾年的聚首？
>
> 他要回家。他說那兒才是家。[12]

父親回中國後，「我」才從舅舅那裡知道，當初父親到南洋

---

[11] 孫彥莊，〈宋子衡、小黑、梁放短篇小說試論〉，《評論與研究》，1996年2月，頁31。

[12]〈龍吐珠〉，《煙雨砂隆》（砂拉越：砂拉越華文作家協會，1989），頁138。

來，會找到他的母親，原因「無非是要一個女人，一個長期服務的女人」。[13]之後「我」在母親逝世後留下來的遺物，發現母親保留下來父親的木製黑箱子。笨重的箱子中雕了一條雲霧中翻騰的龍。「我」記起父親曾說：「哦，是一條龍。我們中國人最重視的就是龍。」[14]父親對於自己肖龍也很得意。但小說並沒有接著點出「雕龍的黑木箱」的寓意，反而是著重於母親印代把珍藏的照片以及一封「我」以為已丟棄的信，卻被伊代撿回收藏在木箱裡，那是「我」的父親從中國寄回的信。「木箱」揭示了「我」的父親的認同意向，自身充滿身為中國人的自豪，以及身為炎黃子孫文化傳統的驕傲感。「龍」是父親和祖國的重要文化紐帶。[15]有意思的是，小說中末端賦予該木箱的命運，頗令人唏噓不已。

> 今天那木箱卻已蛀了，龍身脫落不少。蛀蟲還蛀入龍的眼睛。那是一條瞎了的龍。[16]

「那是一條瞎了的龍」，語氣雖平淡，卻蘊含嚴厲的控訴，甚至是嘲諷。「家」不是一種符號象徵，或抽象的文明國度。「我」

---

[13] 〈龍吐珠〉，《煙雨砂隆》，頁 140。

[14] 〈龍吐珠〉，《煙雨砂隆》，頁 148。

[15] 在馬華文學中，「龍」的象徵符號頻繁出現，那是對「中國」最鮮活的召喚。另一個典型的例子，如溫瑞安在〈龍哭千里〉中自喻為「龍族」，但感慨的是自己是一頭失翅的龍，一頭困龍，一頭鬱龍。藉「龍哭」來表達失落的中國文化、憂時的文化情懷，以及有志卻無法伸展的困頓和苦悶。那是屬於馬華文學對文化中國最深刻的招魂。

[16] 〈龍吐珠〉，《煙雨砂隆》，頁 148。

的父親把砂拉越視為暫時的旅居地，回歸祖國後卻過著不愉快的生活，這是一道關於「回家」的難題與反思。「我」同樣有著「回家」的困擾，這個「家」實際上是有關文化血統的根源。如前所提，在父親作出回唐山的決定後，「我」甚至把氣出在自己不純正的血統上，認為那是自己不被承認的理由。「拉子」這個身分印記，已然成為一種背負的「原罪」。

> 「孩子，你是半個伊班人。」
>
> 「我不是，我什麼都不是！」在學校裡，我不可以稍發脾氣，不可以打，怕的是給指責「拉仔性情」、「拉仔種」，就連阿爸也不承認我的血統，從不跟我說福建話，華語更不必說了。我哭鬧著在地上打滾。[17]

「拉子」是具有貶意的名稱，在社會中承受著土著血統較低等及不文明的說法。同是來自砂拉越的小說家李永平，早年曾寫出短篇小說〈拉子婦〉，揭露拉子婦在華人社會的低下地位，甚至被傳訛為獵人頭的大耳拉子的後代。拉子婦的命運是悲涼的，她的際遇不過是作為生育的工具，最後落得靜靜死去的境況。[18]像〈龍吐珠〉中的「我」在念中學寄宿時，對於母親印代的來訪總是躲避，擔心同學們的異樣眼光，知道他有土著血統，漸漸對母親的關懷和慈愛也產生厭惡感。甚至母親在飯堂過夜，被查夜的老師知道，寬容讓她在那裡睡，但「我」直下反應是：「我恨透那老師。他知道

[17] 〈龍吐珠〉，《煙雨砂隆》，頁 140。

[18] 〈拉子婦〉，收錄於李永平《迌迌——李永平自選集 1968-2002》（台北：麥田出版社，2003），頁 51-62。

我有個伊班母親。」[19]身上流著一半伊班人血緣的困擾，必須要等到下一代出世後，似乎才有了真正面對痛苦的勇氣，不僅是血統，也包括自己的長相、伊班人的乳名等。但最後「我」欲承認自己的根源時，只能在種著龍吐珠的墳前憑吊母親，懷想以後要帶自己的小孩來祭拜祖母。這一些處境都反映了砂拉越「土人」或原住民的真實境況。

〈龍吐珠〉常被視為凸顯「異族通婚」的例子，但我認為異族通婚只是引子，重點是對於「家」的根源和文化／血統混雜的反思。對「我」而言，長屋何嘗不是他的家鄉，伊班血統也是自身的文化血脈，在父親和母親之間，他最後的「承認」不意謂著「從唐入番」，而是接受這樣一種「混雜」的文化血脈。我們在字裡行間，仍能感受「我」之「回長屋」的選擇是困難的，尤其是兒子的長相不斷提醒他的另一半身分，深覺必須作出安心和正確的決定，這是一種「無以排遣的遺憾」的痛苦判斷與抉擇：

> 每一種抉擇都牽涉到價值的喪失或某種犧牲，這一喪失能被容忍，不是因為某個人對一個事物的價值有一絕對的、先天的判定，而是因為這種緊急處境所引發的痛苦判斷是不可規避的。……當然，當必須在兩者之間選一的時候……這個判斷是不得不在深深的遺憾之中做出的。做出這個判斷的人對這種價值的喪失是不可能滿意的，儘管他在這樣的處境下頗會安於做出這樣一件正確的事情。我們

---

[19] 〈龍吐珠〉，《煙雨砂隆》，頁 144。

> 可以把此稱之為「無法排遣的遺憾」（regret without repudiation）。[20]

鄉關何處，始終是經由某種痛苦的抉擇才能釐清的問題，通過世代的傳承和嬗變找到和自己身分和解的方式。

三、家國內外

梁放多部小說寫成於一九八〇年代，在這之前，他分別在英國和英格蘭唸書，不僅經歷了東西方文化的碰撞，如〈臘月斜陽〉、〈現代人〉中有不少的描繪；另外則是家國的問題，更是異鄉遊子心裡揮之不去的牽絆。《瑪拉阿妲》小說集收錄的〈鴻爪〉講述一名緬甸華僑青年陳齊在英國的故事，從陳齊對家國的叩問，牽動了「我」的祖國意識。事情肇始於緬甸小山城的一個暴動，促使許多緬甸華僑的生活全面受影響，不只必須更換姓名，還得認當地人為父來保命。當時陳齊加入社會運動，還擔任社會領袖的重責，但最後卻落至逃命的下場。在朋友安排下，他越境潛入泰國，再從泰國轉到台灣，之後輾轉來到英國。在英國唸書，陳齊生活拮据，卻能以優秀成績畢業，並不惜通過與女子結婚以取得居留權。小說中的

---

[20] A.S. Cua, *The Unity of Knowledge and Action:A Study in Wang Yang-Ming's Moral Psychology*（University Press of Hawaii, Honolulu, 1982）p.40。所謂的容忍與犧牲原則原用以在生命意識與處境抉擇，原來是一種哲學判斷，但轉用以思考生存在抉擇，亦可提供適當的解釋。

陳齊，有深切被國家遺棄的感受，一句「我沒有國，沒有家」[21]道出他心中的沉重的悲傷。

> 我們是土生土長的緬甸人，語言，生活，思想，那一樣不是地地道道的緬甸人？但為因我們的祖籍而把我們隔絕了，這是那來的公道？你明白不？緬甸一直就是我們的國家呀！[22]

陳齊在英國畢業之後，居留證馬上便有問題，必須出境再以旅人身分回到英國。陳齊的遭遇，使他成為「政治難民」。在緬甸，祖籍和國籍竟不能並存，只能飄泊在「國境」之外。他並非痛苦於抉擇回哪一個家的問題，而是有家回不得，在異鄉受困於「國籍」問題。國籍是身分的象徵，按西方的法政體制，國籍是用以表明人民歸屬於某特定的「主權國家」。陳齊差一點因為緬甸原籍的緣故，而被英國當局遣送回國。這促使他的反思——「我靜坐著想著人與人之間的各種問題，也想著個人、家庭與國家的聯繫。」[23]有意思的是，「我」在認識陳齊的第三個夏天，受陳齊際遇的觸動，「興沖沖回到我日夜思念的祖國——馬來西亞。」[24]

梁放透過「我」所表達的祖國和國家意識，是否就代表他個人的看法，頗值得玩味。如前文提及的李永平，在二〇〇八年一次訪問中曾經提及「馬來西亞認同」看成是他區別於其他旅台馬華作家

---

[21]〈鴻爪〉，《瑪拉阿妲》（砂拉越：砂拉越華文作家協會，1989），頁25。

[22]〈鴻爪〉，《瑪拉阿妲》，頁22。

[23]〈鴻爪〉，《瑪拉阿妲》，頁26。

[24]〈鴻爪〉，《瑪拉阿妲》，頁26。

的要項，如他曾言：「因為黃錦樹他們已經接受了馬來西亞這個國家，他們不挑戰這個國家，他們出生的時候這個國家已經成立了，而且他們是出生在馬來半島，這又不一樣。」[25]出自於對馬來西亞種族政策以及東馬在馬來西亞所處的地位的不滿，李永平無論在政治或文化認同上，都覺得與「馬來西亞」或「馬來半島」有格格不入之感。[26]由此可知，李永平和梁放縱然有著同樣的旅居國外經驗，多了一層從外部來審視自己國家的眼光，但箇中的體悟與認知，卻因人而異。有意思的是，如何安頓自己和出生地、國家的關係，將連帶影響作家對自我作家身分和作品歸屬的看法。李永平出生之時，「馬來西亞」這個國家尚未成立，因此他認同婆羅洲「土地」甚於馬來西亞的「國家」概念，實可理解。在最近幾次的演講和訪談中（二〇一六年），李永平多次提及以「母親」的意象來安頓他對婆羅洲、台灣和中國三地的情感。他比喻出生地的婆羅洲為「生母」、收養及豢養他成為小說家與學者的台灣為「養母」，而唐山則是父親給他的「嫡母」。梁放比李永平小七歲，雖也經歷留學，但他最終是回到婆羅洲，所以和李永平長久游蕩在外，不時與婆羅洲有著糾葛難解而需要和解有所不同。[27]縱然如此，梁放的留

---

[25] 訪談文章請見詹閔旭採訪撰文〈大河的旅程，李永平談小說〉，《印刻文學生活誌》2008 年 6 月號，頁 175-183。

[26] 施慧敏、伍燕翎訪李永平，《問答集——李永平訪談錄》，2008 年 11 月 25 日。

[27] 李永平在新加坡媒體訪問中，曾述及自己在時隔三十多年後，於二〇一五年回家鄉古晉的心事，並坦白說「現在心裡的結都解開了」。參陳宇昕訪問與

學經驗擴大了他對於離散的感受，尤其對國籍身分的限制，如何影響一個人的生存狀態與情感結構，似乎提早喻示在國與國之間的流動，無可避免需要克服身分認證的難題。這樣的眼光也應和李有成研究中碰觸的離散境遇，如何可能形成一個有意義的文化反思空間緊密相關。如梁放在〈溫達〉中，小說中的「我」提及：「自那一回出差後，我離開了土地測量局。幾年後，僥倖又做了另一次遠走高飛。第二度生活在異國，我已正確地認識了自己；是對「根」的認識，使我再沒有輕易認同的危機，它使我自尊。」[28]

有意思的是，在時隔多年以後出版的長篇小說《我曾聽到你在風中哭泣》，是一部涉及砂拉越左翼反殖獨立抗爭的小說，具有深刻的歷史向度與氣魄。小說以砂共的抗爭為脈絡，述說小說主角如何漸序被推進游擊隊的抗爭。讀者從小說中可感受大時代的政治氛圍、了解一九五〇、六〇年代砂拉越各族群包括原住民如何捲入革命的洪流，而當時年青人持有理想主義，欲聯合農民抗爭在自己的國土上建立理想的家園。小說中也結合梁放過去眾多短篇小說所關懷的主題，尤其突出拉子的身分和家國觀念有所交涉的議題。《我曾聽到你在風中哭泣》中身為華人和原住民（伊班族）混血的「我」（小說的主角與第一人稱敘述者），無論是對自己的原住民血統、長屋或森林都有強烈的認同感，不諱透露說：「那是我出生的地方。感情上，我從沒有離開過那一片謐靜的環境，也從沒有捨

報導，〈李永平要賦予武俠小說文學味〉，《聯合早報》，2016年10月24日。

[28]〈溫達〉，《煙雨砂隆》，頁125。

棄那一種自供自給、傳統的聚居生活。」[29]

如前所述，砂拉越有著和馬來半島不一樣的獨立進程，它曾經歷二度的易手，從最早汶萊王國到拉惹王朝，最後再落入英國人手中。而砂拉越在一九六三年加入馬來西亞，形式上是擺脫英國殖民而獨立，但長期以來，不少砂拉越人民質疑所謂「國家獨立」的意義，思考著砂拉越二次易手的命運以及獨立前後各種革命運動的存在。[30]如《我曾聽到你在風中哭泣》中最具體的表現反映在——鑒於「在自己國土上都做不了主」的境況，不得「從反殖到國家獨立後再反獨。」[31]有趣的是，小說中並沒有直接用「國家」這個概念，反而多次使用的是「國土」、「土地」與「家園」的觀念：

> 等戰鬥取得了最後勝利之後，這裡就是一個理想家園。[32]

> 爸爸的朋友們，日趕夜趕，就是要越過那個山脈，為了要之後在自己的國土裡建設一個可以讓大家生活得更美好的環境作準備。[33]

> 我們都共同出生在這片土地上，也都與這片土地的所

---

[29] 梁放，〈我曾聽到你在風中哭泣〉（加影：貘出版社，2014），頁 18。

[30] 相關討論可參吳益婷，〈族群性與民族主義——二戰後砂拉越的意識形態鬥爭〉，《人間思想》2017 秋季號（台北：人間出版），頁 94-107。

[31] 梁放，〈我曾聽到你在風中哭泣〉，頁 136。

[32] 梁放，〈我曾聽到你在風中哭泣〉，頁 7。

[33] 梁放，〈我曾聽到你在風中哭泣〉，頁 16。

有一切已交融成有機、不能也不可以分隔的一體。[34]

《我曾聽到你在風中哭泣》對家國的想法，體現在「我」與「爸爸」兩代人的命運連結。小說中透露「我」的爸爸曾參加北國革命抗爭，見證新中國的成立，但他卻領悟他心裡所繫的「祖國」已不是他們口中的「北國」，而是出生地的砂拉越：

> 初中畢業後，流浪漢在他父親的安排之下，遠渡到北國祖輩的故鄉求學。那是個工農階級尚在為解放戰鬥最激烈時代。他見證一個新共和國的誕生，還有北國南方的最後解放。在這個時候，熱帶島國經營雜貨店的父親卻不幸因積勞成病去世。他雖趕不及回來奔喪，也只有擱下學業回家。憂傷過度的母親不久後也在他的懷裡咽下最後一口氣。回到了自己出生的地方，他明確地看到、體會到這裡的社會結構、環境與北國的根本差異。他給自己的身分找到定位：原來祖國是在這一片半躺在赤道上的土地上，從來就不該是他父輩們夢勞魂想的地方。[35]

然而上一代的革命仍未終止。「我」在高中時受朋友感召，加入了游擊隊，並曾一度在他們命名為「安全島」的地方行事。小說並沒有具體勾勒出當時「我」加入抗爭的年代，不過從一些細微的線索，例如文中提及「隨著那個小島給趕出局，不得不宣佈脫離獨立，當時該國的總理還在電視上飆淚」，明顯是指向一九六五年新

[34] 梁放，〈我曾聽到你在風中哭泣〉，頁 40。

[35] 梁放，〈我曾聽到你在風中哭泣〉，頁 201-202。

加坡被迫退出馬來西亞，當年李光耀在電視上宣佈這個事實時落淚，而今已成為著名的「歷史記錄」。「我」參加的是國家獨立後的戰鬥，意謂著反對不具實質獨立意涵的獨立。這或許反映了當今某種現實狀態，如何反思國家之於我的意義，至今仍高喊著「砂拉越人的砂拉越」的聲音，也是一個從新審視凝聚著地方情感的居所，或許「鄉土」比「國家」更獲得真實的認同。

四、小結：書寫婆羅洲的位置

不少研究者在評論梁放的小說時，都傾向把他的作品歸納為「鄉土之作」，[36]認為他創作了一系列砂拉越風土人情的小說，或評其小說「既是小人物的畫廊，又是小人物的哀歌或贊歌。」[37]縱讀梁放早期的小說，有些文字確略嫌生硬，但小說中人物極為鮮明，故事佈局轉折，能在平淡中予人出其不意之感。梁放作為「在鄉」寫作的創作者，無法迴避有關「鄉關」、「國家」、「家園」等問題。在梁放的小說中，這些問題並非放在一種抽象的思考層次，而是經由具體的事例展現對於認同的疑惑、抉擇和承認，經由不同階段的思想和心理變化，逐步建構主體認同的意識。小說中所描繪的砂拉越多元的族群和文化互動，又或城市和鄉村之間的互

[36] 參彭志恆，〈談梁放的小說〉，《海外華文文學研究》，1996 年 5 月，頁 52。

[37] 郭建軍，〈砂朥越的日子與人心——評砂華作家梁放的小說〉，《華僑大學學報》第一期，1995 年，頁 74。

動，無論是人或物的流動，都有其節奏、規律及其獨有的風景線。

在二〇〇二年，砂華作家田思和一些文人作家，提出「書寫婆羅洲」的主張。田思曾說明「書寫婆羅洲」的原意是出自一種有賣點的文學書寫策略或閱讀位置，但我認為這恰恰是建立砂華文學身分認同的書寫方案。文學的身分認同，向來和政治、歷史及文化有多重的交涉，不容易被理清，而作品本身往往是最好的認證形式。「認證」（identification）需要經過特定的程序，例如必須先進行領域範圍的認據，再宣示某種主體形態，之後再提供一定的書寫方向，例如應該寫什麼、反映什麼，所以我認為可以把「書寫婆羅洲」視為一種主體式的「書寫認據」。[38]梁放的小說雖然遠在該主張提出即已完成，但它們仍可放入婆羅洲書寫的範疇，從中反映出小說家如何經由文學創作建立其「主體認同」和「書寫認據」，除了「鄉土」和「國土」的認同意識以外，大量的在地知識構成獨特和鮮明的地景，供一一的指認和辨識。

† 本文原收錄於鍾怡雯、陳大為編《犀鳥卷宗：砂拉越華文文學研究論集》（中壢：元智大學中語系，2016 年 12 月）。修訂於 2018 年 12 月。

---

[38] 魏月萍，〈告別與認據：砂華文學的聚落與離散場域——田思《砂華文學的本土特質（評論集）》書序〉，頁 5。

「誰」在乎「文學公民權」？
——馬華文學政治身分的論述策略

「『國』是個意象，一個欲捉摸而未能掌握的信仰，悠悠我心者。國之可葬，乃是一種選擇後的放棄，痛苦的結晶，詩也詩不起來的放翁境界。」

——何棨良〈葬國〉《另一種琵琶》（1978）

「……因為這意味著馬來人主導整個政治。所以到現在，坦白講，我不太願意承認我是馬來西亞人，因為我根本不承認馬來西亞這個國家。這幾十年我不敢回去，就一直滯留在海外，我一直認為我是在英屬婆羅洲長大的。」

——李永平〈大河的旅程〉《印刻文學生活誌》2008 六月號。

一、前言：「去國」與「文學政治身分」

在一九七〇年代，曾經為天狼星詩社一員的何棨良，在離國赴美留學前寫下了〈葬國〉[1]一文。〈葬國〉之隱喻，即以「國」為意象，具命運自喻的意涵。詩人憂傷自有理由，何棨良「國」之「葬」，如他所說：「乃是一種選擇後的放棄」。那時充滿真摯與浪漫情懷的年輕詩人，對國家進行的是抽象的思考，非視之為現實的政治實體。儘管後來年輕詩人已成為政治學者，落籍於新加坡，並以「何啟良」為學術或知識界更能辨認的一個「名字」，早年文章的弦音，果真成了後來去國生存處境的「預想曲」。另外，則是經已離家去國多年的旅台東馬作家李永平。李永平分別在二〇〇八及二〇一〇年出版了《大河盡頭（上卷：溯流）》以及《大河盡頭（下卷：山）》，乍看書名，便可知那是追尋身世與土地記憶的情感旅程，喻示另一種「回家」的方式。李永平在接受《印刻文學生活誌》訪問時，曾明確表示想在寫作上回歸鄉土，整理自己在婆羅洲的二十年經驗；在觸及身分認同問題時，更直述不太願意承認自己是「馬來西亞人」，原因在於「根本不承認馬來西亞這個國家」。[2]換言之，「國」不復存在，不在「放棄」而在於「不承認」。

---

[1] 何棨良，〈葬國〉，《另一種琵琶》（吉隆坡：人間出版社，1983），頁15-16。按作者在文章末端的記載，該文完成於一九七八年十二月五日。

[2] 訪談文章請見詹閔旭採訪撰文〈大河的旅程，李永平談小說〉，《印刻文學生活誌》，2008 年 6 月號，頁 175-183。

略舉這兩個「去國」的例子，旨在揭示個人在面對「國／國家」，都各有一套認知與指涉的方式；而「國／國家」對個人而言究竟意味著什麼，原就曖昧不明，無法等量齊觀，涉及如何辨別自己的身分認同問題。例如李永平試圖區別自己和黃錦樹、林建國等人時，他說道：「因為黃錦樹他們已經接受了馬來西亞這個國家，他們不挑戰這個國家，他們出生的時候這個國家已經成立了，而且他們是出生在馬來半島，這又不一樣。」[3]近年來，黃錦樹提出「非國家文學」或「無國籍文學」的論說，莫不在挑戰一元化的國家文學霸權，何以李永平以為他不挑戰國家，確讓人覺得繞有興味。再者，經由這番話，我們或可再追問下去，「黃錦樹他們」，「他們」究竟是指向誰？是「旅台的馬華作家」或「旅台的西馬作家」？可見論及對自我身分，與如何看待自身和出生國／地的關係緊密相關。離家去國的原因，不能僅僅以「留台社群」或「旅台作家」作為一種固定的身分辨識。這裡頭的異質成分，尚包括了作家的「個人歷史」，對文學／身分的認定，對國家／土地／原鄉等不同的認知，以及東／西馬地理空間和歷史的差異。以李永平為例，他的英殖民地的生活經驗、婆羅洲認同，以及對馬來半島的歷史認知，都會影響他的「國家觀」、「鄉土觀」，甚至是「族群觀」等。

不時身陷於族群政治與語言政治風暴圈的「馬華文學」，[4]特

---

[3] 同上註。

[4] 有關「馬華文學」的複雜意涵，可參張錦忠，〈書寫離心與隱匿：七、八〇年代馬華文學的處境〉，《南洋論述：馬華文學與文化屬性》（台北：麥田出版，2003），頁61。

別是它的文學政治身分，普遍干擾著眾多的華文寫作者。張錦忠曾提及「即使只談風月，不談文學、文化與政治，只要書寫人使用的是方塊字，即已落入政治範疇。」[5]多年來馬華文學在族群政治結構底下的遭遇是：無論從華人文學或華文文學的角度來詮釋，它都無法平等享有國家文化資源的分配與地位。從七〇年代政府頒佈以馬來民族文化為主的國家文化原則以來，國家文學的概念進一步鞏固了以馬來文創作為主體的馬來文學，非以「國語」（馬來文）創作的文學作品，只能歸為支流文學或「小傳統」的文化系統。[6]在國家統合理念之下，一切的文學都必須置入在國家話語，服務於民族融合目的的「國民文學」。縱然在八〇年代為抗衡國家文化原則，華社的民權運動在爭取華裔教育與文化自主兩方面做出了極大的努力，[7]不過在華族文化教育自主權爭取當中，卻讓「馬華文學」滑出於文化權利爭取的範圍，導致文學的自主權利成為個別作家群獨自奮鬥的場域。這是馬來西亞華文書寫的現實情境，一直都背負著政治或文化抗爭的包袱，也導致馬華文學研究，不能只固守在純文學批評的範圍，而必須和其他學科領域產生了更多的互動，才能一窺其真實樣態。

---

[5] 張錦忠，〈書寫離心與隱匿：七、八〇年代馬華文學的處境〉，《南洋論述：馬華文學與文化屬性》，頁 73。

[6] 黃錦樹在〈馬華文學與（國家）民族主義：論馬華文學的創傷現代性〉已細緻討論這個問題，《中外文學》第 34 卷、第 8 期，2006 年 1 月，頁 182-183。

[7] 有關這方面的詳論，請參柯嘉遜，《80 年代大馬的民權運動》（吉隆坡：策略研究中心，2006）。

其次是有關文學的民族主義問題。早年黃錦樹等人梳理馬華文學和「中國性」的問題，繼而提出「斷奶」等文學主張，[8]正是要避免受到中國民族主義的收編而失去馬華文學本身的自主性與主體性，對馬華文學歷史發展中的民族主義與現實主義之間的關係有所警惕。職是之故，馬華文學如何自我定位與建構主體，就必須處理它和馬來文學以及中國文學之間的關係。旅台的作家與文學評論者，則還須面對「台灣文學」這個文學他者，尋求馬華文學在台灣文學版圖中的位置。在多元情境論相互交叉的情況底下，「馬華文學」要如何建立它本身的身分歸屬，才能避免受到國家政治抑或現代性暴力的對待，讓文學／創作者得以安身立命，便成為馬華文學論述者（無論是旅台或在地）念茲在茲的事。

本文擬比較張錦忠、黃錦樹與莊華興三位文學批評／評論者對馬華文學政治身分的論述策略，以了解不同的批評位置所採取的論述實踐與詮釋策略的複雜考量與難題，同時測量彼此觀點的衝突、折衷或相互映照的可能。三者的「在場」位置與文學主體宣示的形式，甚至是「文學他者」的預設，向來涇渭分明。而我認為思索馬華文學的政治身分，或許可以「文學公民權」（literary citizenship right）為問題思考的「仲介」，雖然它仍存在實際操作上的困難，但它最後終究揭示的是文學平等實現如何可能（或不可能）。所以「馬華文學」在這裡不是一種象徵符號，或者是社會的分析文本，

---

[8] 有關中國性與斷奶論的爭議，參張永修、張光達與林春美主編，《辣味馬華文學：90 年代馬華文學爭論性課題文選》（吉隆坡：雪蘭莪中華大會堂、馬來西亞留台校友會聯合總會聯合出版，2002）。

而是寫作者個人具體書寫／狀態的存在。在這層意義上，三者的觀點，恰恰可以產生另一種「共振」（互為承認或互為主體）的作用。

二、從「複系統」到「華語語系」：張錦忠

黃錦樹在張錦忠的代表作《南洋論述：馬華文學與文化屬性》序文中，已經很清楚說明張錦忠對馬華文學的理論預設，乃借自於以色列理論家易文——左哈爾（Itamar Even-Zohar）的「複系統理論」（Polysystem Theory），旨在於拓展出以流動為內在本質的「新興華文文學」。[9]該理論最大的優勢，如黃錦樹所說：「最大可能的顧及文學歷時演變過程中文學事實的多元交錯的系統的複雜性，對於這種產生於多語言、多種族、殖民歷史錯綜而經典寡少（即使不是『缺席』）恆處於『危亡』的邊緣狀態的馬華文學，倒是具有相當的解釋效力。」[10]不但如此，它也允許國家與地理邊界的跨越，符合馬華文學的流動與離散的內在特質。可是該理論的危險性，是在於難以規定出複系統的理論邊界，恐易為權力體制所收編。[11]不過我並非旨在探討理論的可行性，而是思考為何選擇複系

---

[9] 有關對「新興華文文學」命名的延伸討論，可參鍾怡雯，〈從「新興華文文學」論馬華文學的命名〉，《星洲日報・文藝春秋》，2005 年 6 月 26 日。

[10] 黃錦樹，〈反思「南洋論述」：華馬文學、複系統與人類學視域〉，張錦忠《南洋論述：馬華文學與文化屬性》〈代序〉，頁 18。

[11] 同上註，頁 21。

統作為它的論述策略？恐怕是與張錦忠不斷強調的「離心」（decentralize）原則大有關係。

《南洋論述》裡〈書寫離心與隱匿：七、八〇年代馬華文學的處境〉一文，已經點出問題的關鍵。張錦忠文中揭示了以馬來文學為主體的國家文學的排他性，把馬華文學、馬英文學劃入族群文學，馬華文學被迫向語言政治與族群文化靠攏，乃是馬來西亞官方的目的，按張錦忠所說，是「『離心化』華文文學、壓抑中華文化意識、消淡中國歷史與民族記憶，企圖迫使華族逐步無條件融匯入以馬來文化為核心的馬來西亞文化。」[12]換言之，以馬來文學／文化為核心的國家體制是一個「中心」；在另一方面，以「中原」或「中國文學」作為世界華文文學的主流，又是一個「中心」。如果馬華文學視這兩個中心為「磁場」，或將因為中心磁場吸力的強大而喪失自我，於是有必要把「中心—邊緣」看似現實權力狀態的反映，轉化成一種建構、視角或策略。因此，複系統理論的引入，不但有解除中心的作用，每個不同文學／文化系統都可自我建構一個中心體系，猶如把大的磁場變成了各種不同的活躍原子。顯而易見，張錦忠欲藉此解釋的是「馬華文學在台灣文學複系統中的位置，以及在台灣的馬華文學在馬華文學複系統中的位置。」[13]

縱然複系統解決了一個「中心—邊緣」的問題，那要如何解決

---

[12] 張錦忠，〈書寫離心與隱匿：七、八〇年代馬華文學的處境〉，《南洋論述：馬華文學與文化屬性》，頁 62。

[13] 同上註，頁 145。

馬華文學中的「馬華」，[14]馬華文學中的「地理空間／場域」問題？這個問題尤關涉文學史的建構。張錦忠提出文學出境與流動的路徑，是他對早期馬華文學史觀的一個回應。馬華文學史學家方修曾以生物史觀，把文學的發展看作是從萌芽期、成長期到衰退期的分期過程，這樣一種歷史分期的文學史觀，在馬華文學史論述形成一種根深蒂固的看法，但它已經無法適用於後殖民時代的「再移民」情況。華文作家頻密的流動、移居，不但顯露了華文文學的跨國性與流動，文學的空間範疇也變得不再穩定。張錦忠企圖回到宏觀的歷史脈絡，從一個歷史整體觀去把握文學的流動性，提出「中國文學—離境—馬華文學」的「回溯建構」文學史觀，[15]並指出：「中國文學不離境，中國作家不出走，不下南洋，便沒有馬華文學的出現」，[16]以「離境」與「出走」確立馬華文學作為「離散文學」的文化屬性與流動個性。

複系統雖執行了解構中心的任務，讓馬華文學可以暫且「閒置」國家文學，不過它仍未能很好的解決語言政治的問題。因此當對語言霸權具有強大抗議性的「華語語系」（sinophone）與「華語

[14] 隱匿或彰顯「馬華」亦是馬華作家所困擾的事，例如在馬的作家黎紫書曾受到著名的國際研討會邀請時，表明希望受邀是鑒於創作上的認可，而非受其「馬華作家」一個地域身分的考量。

[15] 張錦忠，〈重寫馬華文學史，或，離散與流動：從馬華文學到新興華文文學〉，《重寫馬華文學史論文集》（台灣：國立暨南大學東南亞研究中心，2004），頁 58。

[16] 同上註，頁 57。

語系文學」（sinophone literature）的概念開始被提出後，旋即進入馬華文學論述者的視野。張錦忠在〈亞洲現代主義的離散路徑：作為華語語系文學的馬華文學〉一文中，即援引史書美對華語語系文學的定義：「『華語語系文學』指涉的存在狀態，是流放，漂泊離散、弱勢族裔的處境，以及混血身分——這樣的存在既抗拒被吸回中國，也抗拒被居住地吸收」，[17]以此宣示馬華文學的主體。史書美對華語語系的定義，可理解為在中國境內，它否定以漢語系為中心的霸權地位，重視不同地方少數族群的語言實踐的權利；在中國境外，不同華人社群的異質華語特色可自成一個相互理解的「文學語言共同體」，共同抗衡以漢語作為標準華語中心的強大勢力。與此同時，以「華語」區別於「普通話」以「華人」區別於「中國人」。[18]這裡頭有很強向以中國為中心的漢語「單音語系」（monophonic）系統挑戰與抗議的決心，並企圖將之轉向「多音語

[17] 張錦忠，〈亞洲現代主義的離散路徑：作為華語語系文學的馬華文學〉，「第五屆馬來西亞國際漢學研討會」會議論文，博特拉大學現代語文暨傳播學院外文系主辦，2008 年 9 月 12-13 日，頁 10。另亦可參〈華語語系文學：一個學科話語的播散與接受〉，《中國現代文學》第 22 期，2012 年 12 月，頁 22-59。

[18] 詳細論述請參史書美，“What is Sinophone Malaysian Literature？”，「第五屆馬來西亞國際漢學研討會」會議論文，博特拉大學現代語文暨傳播學院外文系主辦，2008 年 9 月 12-13 日，頁 5-6。有關史書美對「華語語系」的詳細闡釋，請參〈華語語系的概念〉，《馬來西亞華人研究學刊》第 14 期，2011 年，頁 41-55；〈反離散：華語語系作為文化生產的場域〉，《馬來西亞華人研究學刊》第 16 期，2013 年，頁 1-22。

系」（polyphonic）的地方語言。[19]「華語語系」的概念，不但為中國（境內）的少數族群的語言提供有利的發展空間，對於離散或遷徙境外的華語社群，也找到語言自主權利的條件。這種「語言離心」的形式，恰恰符合馬華文學所面對的中文與馬來文「雙語言霸權」的困境，是張錦忠認為可以轉向從「中國周邊的華語語境看馬華文學」的主要原因。[20]不但如此，「華語語系」注重異質性與地方性，也可以用以解釋「中國大陸」以外的文化生產，[21]像有關對「中國」、「華人」、「華人性」的理解。

可是對於馬華文學而言，到底要如何處理「華語語系」所強調的「地方」或地域特色？換言之，馬華文學中的華語性問題，倘若不回到以「馬華」為名的場域空間，要如何彰顯它的異質與混雜特色？另外，以「華語語系文學」作為「想像共同體」，[22]似乎無法

---

[19] 在這點上，王德威在詮釋「華語語系」時顯然更重視它的包容性與開闊性，強調不同的華文書寫的文學社群之間的溝通與融合，如他所說：「華語語系文學因此不是以往海外華文文學的翻版。它的版圖始自海外，卻理應擴及大陸中國文學，並由此形成對話。」王德威甚至認為可以通過中國「以外」，把中國「以內」一併包含進來。王德威，〈文學行旅與世界想像（下）〉，《聯合報‧聯合副刊》，2006 年 7 月 9 日。

[20] 張錦忠，〈亞洲現代主義的離散路徑：作為華語語系文學的馬華文學〉，頁 7。

[21] 張錦忠也把台灣文學納入在「華語語系文學」的系統，參〈一九八七：之前與之後〉，《思想》第八期（台北：聯經出版社，2008 年 1 月），頁 120。

[22] 張錦忠，〈亞洲現代主義的離散路徑：作為華語語系文學的馬華文學〉，頁 8。

不警惕它是否會引發對「中華性」的重新召喚，從而須對馬華文學的「中華性」、「中國性」、「華人性」[23]再作細緻的區隔。不但如此，它使馬華文學重新回到「華語」或「華語語系」的語境，是否會再度掉入另一種語言認同的政治泥沼，也是需要持續思考的問題。

三、從「非國家文學」到「無國籍文學」：黃錦樹

在馬華文學文壇，黃錦樹已成為一個難以被定義的文學符號。從批判馬華現實主義的「反道德者」[24]到以經典缺席燒芭「壞孩子」[25]的論述形象，都是持著一貫的「否定性」姿態。從《馬華文學與中國性》到《文與魂與體：論現代中國性》，他的論述視野從文學本質與定位的釐清，到文學傳統與文體歷史性的追溯，是少有文學論述者所具有的文學／文化的學術史眼光。對於馬華文學政

[23] 澳洲學者洪恩美（Ien Ang）曾指說，「華人性」並非是對自然現實的單純反映，反之它乃維繫於個人的知識與經驗，包括對世界的理解，這一些都將影響對自身華人性的辨識與建構。Ien Ang, "Can One Say No to Chinesenees: Pushing The Limits of the Diasporic Paradigm", *On not Speaking Chinese: Living Between Asia and The West*, London and New York: Routledge, 2001, p.39.

[24] 何啟良，〈「黃錦樹現象」的深層意義〉，收錄於張永修、張光達、林春美主編，《辣味馬華文學——90 年代馬華文學爭論性課題文選》（吉隆坡：雪蘭莪中華大會堂，2002），頁 284。

[25] 張錦忠，〈散文與哀悼〉，黃錦樹《焚燒・序》（台北：麥田出版社，2007），頁 4。

治身分的思考，相較於張錦忠從「後移民」或「再移民」語境，重新疏理歷史脈絡中馬華文學的內在本質，黃錦樹或更在意如何以「後國家」的理論視野，[26]讓文學免受「國家暴力」的侵害，以及在國族主義與民族主義聯姻之下所形成的「現代性創傷」這兩個結構。屢次揮手說「告別」，即是要馬華文學告別國家的暴力與民族主義的傷害。

黃錦樹屢屢強調「非國家文學」的說法，除了有意打破華社以一廂情願的態度來要求國家承認的情意結，把它視為華族自我矮化的舉動；在另一方面，他舉出解構大師德希達（Jacques Derrida）對「文學」所表達的超越意義，主張「馬華文學中的文學甚至必須超越馬華，更別說超越國家與國民，民族國家論述、朝向屬於它自己未完成的旅程。」[27]這樣一種「文學自由」的訴求，有助於文學的自我解放，[28]不過接踵而來的問題是：「自由」是一種自我的實踐

---

[26] 「後國家」（postnational）意即「越過國家」，它具有兩個鮮明的特點：一為拒絕國家的存在；二為稀釋以國家為基礎的認同，因此它將促成更多非以國家為聯繫基礎的共同體。Peter J. Spiro, "Dual Citizenship: A Postnational View", Edited by Thomas Faist and Peter Kivisto, *Dual Citizenship in Global Perspective: From Unitary to Multiple Citizenship*, New York : Palgrave, 2007. pp.190-191.

[27] 黃錦樹，〈馬華文學與（國家）民族主義：論馬華文學的創傷現代性〉，《中外文學》第 34 卷、第 8 期，2006 年 1 月，頁 190。

[28] 例如黃錦樹在〈無國籍華文文學：在台馬華文學的史前史，或台灣文學史上的非台灣文學，一個文學史的比較綱領〉提到：「把文學從民族國家中拯救出來，以『非民族—國家文學』為新的起點」，張錦忠、黃錦樹主編，《重寫台灣文學史》（台北：麥田出版社，2007），頁 18。

（或自我認定），還是仍需維繫於某種條件？如何能鑑定自我的文學自由主體呢？台灣作家唐諾曾說，對書寫者而言，有了保證性的政治自由，也不一定會寫出精采的文學。一個以文學為志業的書寫者，有自己一套計算自由的方式。[29]可見文學自由以自我書寫意向為主，才能超越外在形式的束縛，所以告別了國家之後，還要進一步的告別國籍。

國籍是身分的象徵，按西方的法政體制，國籍是用以表明人民歸屬於某特定的「主權國家」。黃錦樹的「無國籍文學」概念，意謂著國籍不是文學的身分證，文學是「民族─非國家文學」的，如張錦忠所指出：「文學屬性不一定要跟作家身分一樣」。無論是「無國籍人」或「無國籍文學」，都是針對文學所面對國家的排拒、驅趕或困境的狀態所採取一種主動的回拒。而用「非」或「無」類似佛家的遮詮或道家的否定語言，意喻某種超越性的語言修辭方式，這樣的否定是一種明確的要求，欲把馬華文學的被動處境化為主動。這裡頭其實指涉馬來西亞某種現實情境。從馬來亞「獨立」乃至「馬來西亞」的成立，從人民開始擁有公民權乃至具

[29] 唐諾，〈文學在乎解嚴嗎？〉，《思想》第八期（台北：聯經出版社，2008），頁110。

有國籍身分，[30]馬來西亞的「獨立」意義是有缺陷的，[31]關鍵在於它未能建立在各民族之間的平等基礎之上。歷史因素的不平等，在馬來主權論述發展當中，逐漸經由一系列的政策被結構化與制度化，滲透到社會的各個層面。馬來西亞華人作為有國籍身分的公民，卻只能被賦予「消極公民」的角色，在馬來主權為主的國家結構底下，接受有限的少數族群的保障權利。[32]

於此同時，為了尋找「在台馬華文學」在台灣文學史建構史上的「位置」，[33]黃錦樹看見了台灣文學與馬華文學有著相同的命

---

[30] 早在獨立以前，馬來亞的華人早已投入於公民權的爭取，那是一場要求平等與承認的民權運動。當時「非巫人」（bukan melayu）的公民權申請條例在殖民地政府與巫裔領袖之間產生了分歧。據知，在一九四七年，雖然超過五分之三的華裔及半數的印籍人口出生於馬來亞，但至一九五〇年，僅有五十萬華人和廿三萬印籍成功獲得馬來亞的公民權，這個數字實際上只佔了當時總人口的五分之一。由此可知，華印裔公民權的取得，一開始便建立在不平等的權力基礎上，是一個政治協商後的結果。柯嘉遜，〈公民權與華文教育〉，《馬來西亞華教奮鬥史》（吉隆坡：董教總教育中心，2003 第三版），頁 37。另，謝詩堅也曾指出，對於非馬來人公民權的爭取，在當時作為華人代表的馬華公會就有分歧的意見，主要爭議著眼於華人公民權的取得如何可以保障更多的華人權益。謝詩堅，《馬來西亞華人政治思潮演變》（檳城：友達企業有限公司，1984），頁 64。

[31] 有關論述請參許德發，〈華人、建國與解放〉，《思想》第六期（台北：聯經出版社，2007），頁 233-246。

[32] Stephen Castles & Alastair David, “Globalization and Citizenship in the Asia-Pacific Region”, *Citizenship and Migration: Globalization and the Politics of Belonging*, New York : Palgrave, 2000, p.202.

[33] 吳桂枝，〈開往台灣的慢船——馬華學者的論述建構與馬華文學的典律

運，它們同樣是「徹底政治的」，同時也受到國族與民族靈魂的糾葛。台灣文學如何能彰顯完整的國家主權觀念，如何取得她的國籍身分，是台灣文學史建構的核心問題。可是有國籍不代表可以掌握主權，黃錦樹從馬華文學處境認識到現實狀態，從而體悟台灣文學要解放自我，也有必要宣示自己是無國籍文學，讓馬華文學與台灣文學得以相濡以沫，[34]這在〈無國籍華文文學——在台馬華文學的史前史，或台灣文學史上的非台灣文學：一個文學史的比較綱領〉[35]一文中獲得佐證。

李有成曾在一項訪談中，一語中的點出黃錦樹提出「無國籍文學」的概念，有很清楚的針對性，主要是為了解決在台馬華文學「既非亦非」（neither / nor）的處境，而他卻認為在台馬華文學應該也可以屬於「既是亦是」（both / and）的存在事實。李有成作了

化〉，「跨領域對談：全球化下的台灣文學與文化研究國際學術研討會」會議論文，國家文學館與成大台灣文學所舉辦，2007 年 10 月 27 日。

[34] 文學與人的國籍身分的真實狀態很難作絕然的切割，台灣人民所面對的「國籍變遷史」，它所反映出的國籍與認同問題，與馬來西亞華人所面對的歷史情境很不一樣。或許除了參照彼此的歷史經驗以外，還得了解彼此想要尋找的「出口」是什麼。有關台灣國籍問題探討，可參王泰升，〈台灣人民的『國籍』與認同——究竟我是哪一國人或哪裡的人？〉，收錄於甘懷真、貴志俊彥、川島真編，《東亞視域中的國籍、移民與認同》（台北：台灣大學出版中心，2005），頁 49-62。

[35] 黃錦樹，〈無國籍華文文學——在台馬華文學的史前史，或台灣文學史上的非台灣文學：一個文學史的比較綱領〉，收錄於張錦忠、黃錦樹主編，《重寫台灣文學史》，頁 123-160。

一個巧妙的轉化，把黃錦樹所談的「無國籍」轉向「多國籍」的問題，[36]試圖為文學的安身找到更廣闊的容所，也似乎意味不一定需要經由廢止國籍的路徑而達致對國家力量的消解。不過「多國籍」如何能使馬華文學的自主性從政治身分中獲得解放，尚未有詳盡的論證，使得無國籍論述將繼續取得正當性。它的正當性的高揚在於，如蔣淑貞曾尖銳的指出，「無國籍」允許以「漂流的身分享受自由滑溜的愉悅」，這樣的流動自由讓文學不再受到任何民族主義或國家主義的綁架，而「研究者本身則以『去國』的行動，彷彿得到快感的解放。」[37]但她卻視此為一種「耽溺」的態度，以為馬華文學背負著抗衡以馬來文學為主體的國家文學。誠然，它似乎成為馬華文學一項艱鉅的政治任務，馬華文學在尋求「文學自主」與「政治承認」之間，形成了相互拉鋸的張力與緊張感。

---

[36] 李有成，載於「過去的時間，不同的空間——李有成答張錦忠越洋電郵訪談」，《星洲日報／文藝春秋》，刊登於 2007 年 4 月 29 日。倘若多國籍也意謂一個人擁有幾本護照的話，王愛華（Aihwa Ong）就曾指說，所謂的「護照」已非是對民族國家表示的忠誠象徵，公民身分的意義大為減弱，反之，它意指勞工市場的參與度。全球化的經濟市場使政治所形成的邊界變得毫無意義。Aihwa Ong, *Flexible Citizenship: The Cultural Logics of Transnationality* ,United States: Duke University Press,1999, pp.2-3.

[37] 蔣淑貞，〈「從海內存知己」到「海外存異己」：馬華文學與台灣文學建制化〉，發表於「去國、汶化、華文祭」國際學術研討會，2005 年 1 月。

四、從「翻譯馬華」到「雙語寫作」：莊華興

作為馬華社會的在地實踐者，莊華興具有馬華文學論述者、馬來文學研究者，以及華馬翻譯者的三種身分，這三種身分賦予他跨語言與跨文化的優勢情境。如何能突破單元化的語言政治，一直是他論述的中心思想。「跨界」（crossing border）成為他「介入」與「干預」以馬來文學為主的國家文學論述的「形式」，[38]而介入的具體實踐則是通過「華—馬文學」的「翻譯」。

與張錦忠或黃錦樹的觀點有別，莊華興認為馬華文學不屬於離散文學，[39]不能屈服於離散與流寓的宿命，甚至是把「文學的跨國流動／流寓純粹是一種偽裝的姿態」。[40]莊華興敏銳察覺西方的「離散」理論如何將對東南亞移民族裔文學所可能造成的傷害，論者忽視獨立前的離散意識與後來在跨國流動與全球化底下的離散意識，兩者不能等同視之。特別是針對離散的結果，究竟是一種被迫性的漂流，還是經由抉擇以後的流寓狀態，常常是混淆不清。

在面對強大的國家意識形態機關，莊華興主張以向來被創作者或文學史家所忽略的翻譯文學作為對抗或防禦的機制，馬華文學才

---

[38] 莊華興，〈單語 vs.父文母語——與錦樹談馬華文學的救贖〉，《國家文學：宰制與回應》（吉隆坡：興安會館與大將出版社，2006），頁 148。

[39] 莊華興，《國家文學：宰制與回應》，〈代自序：國家文學體制與馬華文學主體建構〉，頁 17。

[40] 莊華興，《國家文學：宰制與回應》，〈代自序：國家文學體制與馬華文學主體建構〉，頁 13。

能找回逐漸邊緣化或自我隱化的妾身。[41]換言之，華馬翻譯是馬華文學宣告主體文化的在場。莊華興所持的信念是：「翻譯文學擔負了突出他我身分／劃定馬華與馬來文化邊界的功能。如此，馬華文學方能找到明確的發聲地位，與其他族裔文學展開平等對話，進而才有望解構國家／國族文學神話。」[42]至於如何讓馬華文學匯入國家文學的主流，他則更進一步提出「華馬雙語寫作」的看法，[43]冀藉由打破文學語言的疆界，主動介入國家文學的話語體系。這裡所面對一個兩難的情境，一方面如黃錦樹所認為，要華文書寫者跨越語言進入馬來文書寫領域，無疑是「首肯了國家一元化語言文化策略的國家暴力」；[44]可是另一方面，馬來學界對馬華文學的認識，只能依賴華裔學者的馬來文評論文章，[45]使華社必須花費更大的力氣，通過翻譯或跨語書寫來承擔「馬華文學的外銷工作」。[46]所以如何能擺脫「國民團結」與「民族融合」的魔咒，讓跨語行為成為有實質意義的政治實踐，是一條艱難卻無法輕易放棄的道路。

---

[41] 莊華興，〈文學史與翻譯馬華：政治性與定位問題〉，《重寫馬華文學史論文集》，頁 70。

[42] 同上註。

[43] 莊華興，〈敘述國家寓言：馬華文學與馬來文學的頡頏與定位〉，《國家文學：宰制與回應》，頁 115。

[44] 黃錦樹，〈出走，還是回歸？關於國家文學問題的一個駁論〉，《國家文學：宰制與回應》，頁 133。

[45] 莊華興，〈序文體與對話機制：馬來評論界的馬華文學批評〉，《中文・人》第五期「華・馬對話」專題，加影新紀元中文系，2008 年 4 月，頁 10。

[46] 同上註。

由此可知，不同的批評位置、對文學主體形式的把握，以及對他者的認知與想像，都將影響策略的考量。張錦忠與黃錦樹希望從「亞洲比較文學」的脈絡思考走出國家文學、民族文學、有國籍文學的迷思，[47]莊華興則主張積極的介入或再定義國家文學，卻因此被冠上「溫和的國家主義者」。而莊華興認為旅台論述者的離散與去國心態，只能是消極的抵抗，是一種缺席或不在場的抗議，對現實狀態無法產生有效的實質撞擊。但從以上所述，或可瞭解問題或許不出自於對「國家想像」的分歧，而是在於如何「解構」國家、國族或民族的方法。再加上各自所面對的文學現實與文學情境有所差異，以致出現不同的認知與理解，例如莊華興的「解構」在黃錦樹眼中卻是一種「回返」的舉動，以下圖表所舉大致可以看出某些端倪。

	張錦忠（旅台）	黃錦樹（旅台）	莊華興（在馬）
身分／位置	大學教授、文學評論者	大學教授、文學評論者、作家	大學教授、文學評論者、華馬翻譯者
對「馬華文學」的詮釋主張	華裔馬來西亞文學	馬來西亞華人文學	土生性馬華文學

[47] 張錦忠、黃錦樹主編，《重寫台灣文學史》緒論〈重寫之必要，以及（他人的）洞見與（我們的）不見〉，頁 13。

論述策略／文學主張	複系統、華語語系。	非國家文學、無國籍文學。	華馬翻譯、雙語寫作。
策略的針對性	離散與跨國	國家暴力、現代性創傷。	語言政治
理論關鍵詞	離心（離散）	否定（告別）	跨界（介入）
批評語境	後移民、再移民、後離散。	後國家、後國族主義。	翻譯政治、跨文化。
回應國家文學模式（黃錦樹的看法）	出走	出走	回返

如前所論，馬華文學逐漸成為「離散文學」（diaspora literature）與「華語語系文學」（sinophone literature）重要的分析對象。但它也引起一些質疑的聲音，例如針對華語語系詮釋的有效性，反離散論述的提出等，尤其是後者，已成為在地馬華文學批評者重要觀點。有趣的是，史書美曾指出，離散理論的局限性乃是以族群或種族為其理論定位，其力倡的「華語語系」其實也是建立在「反離散」的意義基礎。[48]另外，旅新馬華學者許維賢則以為在馬華本土語境談離散，恐遭本土國族主義的政治操作，以「離散」之

---

[48] Shi Shumei, "Against Diaspora : The Sinophone as Places of Cultural Production", in Jing Tsu and David Wang edited, *Global Chinese Literature : Critical Essays*, Leiden: Brill, 2010, p.47.

名的指控，落入「外來移民」的指認。[49]扼言之，依上述所論，離散則會強化了本土的種族論述，失去在地發言的正當性，形成離散和本土／在地，涇渭分明的兩種立場。

但這樣的離散意識乃是以「認同」作為它的內在屬性，而非著重於移動的歷史變遷或文化生產意義。這是因為「離散」最原始的意義，雖起源於猶太與非洲人「被迫遷離」（離家）而無法「返鄉」（歸鄉）的經驗，但「離散」的定義並非僵滯不變。移民與跨國的興起，國與國之間的疆界不斷變動，使離散更好的說明變動不居的狀態與屬性。所以它常用來指涉一種遊離性與移動的地理疆界與空間觀念；更重要的是，它也是一個豐富的文化生產空間。李有成曾指出，環繞著離散所開展的觀念如越界、民族主義、家園、國族國家、文化認同、種族性、公民權、混雜等，使當代文學與文化理論更具啟發意義。[50]在《離散》一書，李有成以「回家」為論文主題，探討馬華旅美作家林玉玲（Shirley Geok-lin Lim）的離散情景，審視她在自己家園與原鄉的位置，類似橫跨「兩邊」的身分處境，賦予她「以個人的故事顛覆由強勢種族與國家機器所主導的國族敘事」。[51]並特別指出林玉玲回憶錄《月白的臉》具備離散的批判意義，切合阿巴杜萊（Arjun Appadurai）所說的「離散公共領

[49] 許維賢，〈新客：從「華語語系」論新馬的首部電影〉，《清華學報》，2013年6月，頁5-45。

[50] 李有成，〈緒論：離散與家國想像〉，李有成、張錦忠主編《離散與家國想像》（台北：允晨文化出版社，2010），頁26。

[51] 李有成，《離散》（台北：允晨文化出版社，2013），頁111。

域」（diasporic public spheres）。[52]這樣的詮釋向度，擴展了前面所論，即以「離境」作為「離散」的一個重要特徵。換言之，離散不僅注重於從歷史回溯角度，指向文學的歷史源頭，它也適切於當代情境的文化批判，因而包含特殊的二重性：歷史和當代的向度。如此而言，「離散」和「反離散」二者是否可以並陳，而不須成為對峙的兩種批評力量，可再深思。

如果說「離散」針對的是「跨國」，「華語語系」則針對語言宗主國（漢語）的「霸權」，二者都已提供不少分析馬華文學的批評與思考資源，本文所強調的「文學公民權」作為「文學公民方案」的一個探討面向，又如何可以在離散和華語語系理論以外，提供另外一種詮釋和分析視野，甚至有一些對話的可能？檢視目前馬華文學批評論述，在離散和反離散、離散和本土（族群）、無國籍和有國籍，似乎形成一種二元的思考和脈絡，同時也仍糾葛在國家和族群的論述結構，而「文學公民方案」的提出，試圖建立「文學公民」（literary citizenship）的主體，冀能超越境內境外，以文學公民的身分，漸循的拆除國家、國籍、族群等邊界，並進一步開拓文學公民社群以及文學公共領域。扼言之，文學公民以「公民性」為理念基礎，講求「共生」關係的文學社群，無論是作家或作品都具有平等的發聲與介入的權利。

---

[52] 其他論述亦可參阿巴杜萊（Arjun Appadurai）著，鄭義愷譯，《消失的現代性》，（台北：群學出版社，2009）、Arjun Appadurai, *The Future as Cultural Fact*: Essays on The Global Condition, London: Verso, 2013.

五、「文學公民」方案：以文學公民權為問題「仲介」

如前所述，移民、流動和跨越國境的頻密特質，使國家與國籍認同受到極大的挑戰。尤其是文學的國籍身分，常常受制於人們對作家認同意識的認定。「馬華文學」在這個問題上，所表現出來的緊張關係與張力尤為明顯。「作品」或書寫內容本來就應該沒有國籍先行的約束問題，可是「作者」或書寫者往往難以擺脫國籍問題的困擾與干擾。這種干擾與困擾，尤其充分表現在「文學定位」與「文學的存在感」兩方面，例如張錦忠所點出的「在台馬華文學」或「馬華文學在台灣」問題，最終可以怎樣一種姿態進入馬華文學史與台灣文學史的建構版圖，仍是未完成的工程。[53]於是，我們終究得詰問，究竟要如何「解放」所謂的「馬華文學」，應採取怎樣的「形式」？「解放」的前提與條件是什麼？以「非國家」與「無國籍」宣示了國家終結以後呢，是否一切都告終結了呢？

近年來，有關「國籍」（nationality）與「公民身分」（citizenship）的問題，在人們頻繁的跨國與流動行為中，重新衍生

---

[53] 張錦忠、黃錦樹主編，《重寫台灣文學史》〈緒論〉，頁 13。從張錦忠與黃錦樹提倡「重寫馬華文學史」與參與編輯「重寫台灣文學」，可了解旅台的馬華文學論述者，如何積極的參與他們境內（台灣）與境外（馬華）文學史的建制化。另，陳芳明在二〇一一年出版的《台灣新文學史》，書中亦包含「台灣馬華文學」，有意思的是，陳芳明選取了「馬華文學的中國性和台灣性」來說明在台馬華文學的特色，在想，如果能以「馬華性」、「中國性」和「台灣性」三重視角的交錯，或能挖掘出更複雜和深刻的內在意義。有興趣者可參陳芳明，《台灣新文學史》（台北：聯經出版社，2011），頁 702-714。

不同的意義，連帶對原生「公民身分」的界定產生衝擊與挑戰。我曾在〈我不在家國：馬華文學公民身分建構的可能〉一文中，提及古希臘時期的「公民身分」概念，說明其乃建立在「城邦—國家」（city-state）基礎上，它原指向人人具有的平等權利與義務，公民與非公民的區別，就在於對這些權利與義務內涵的「接受」或「拒絕」。例如 T.H Marshall 曾把公民身分最初的權利範圍大致分為三種：公民權利（人身權——個人安全和財產、思想、信仰與結社自由）、政治權利（公職的選舉和代表權）與社會權利（受教育和享受福利的權利），而這種劃分進一步延伸至文化權利，即公民的文化參與權這部分。[54]然隨著「民族—國家」（nation-state）的興起以及全球化時代的來臨，不但國籍的問題，或走向雙國籍或多國籍，公民的身分也趨向多元化，開始拓展出雙重或多元的公民身分（dual or multiple citizenship）形態，似乎進入一個「新公民運動」[55]的時代，以致對權利的訴求愈加多元化。例如，「全球公民身分」（global citizenship）、「世界公民身分」（world citizenship）、「跨國公民身分」（transnational citizenship）、「文化公民身分」（cultural citizenship）、「多元文化公民身分」

[54] Jude Bloomfield, Franco Bianchini,〈文化公民身分與西歐的城市治理〉，尼克・史蒂文生（Nick Stevenson）編，《文化與公民身分》（長春：吉林出版，2007），頁 148。

[55] Renato Rosaldo, Introduction: The Borders of Belonging, edited by Renato Rosaldo, *Cultural Citizenship in Island Southeast Asia: Nation and Belonging in the Hinterlands*, London: University of California Press, 2003, p.3.

（multicultural citizenship）或「性別公民身分」（gendered citizenship）等不同的公民身分形態，各有界說。[56]但在眾多界定之中，卻鮮少有關「文學公民身分」（literary citizenship）與文學權利的論說。[57]

若以文化公民身分作為參照，文化公民立基於多元文化基礎之上，以取得一定的文化權力，它承認一個社會內部文化實踐的多樣性，以能發展出一個民主化的文化策略。這樣的文化策略必須體現在兩個方面：克服結構性的限制和多元性認可的再分配。[58]因此論及文化公民權，它不只要求在文化資源分配與參與，破除一等與二等公民的不平等公民結構，同時把文化權可爭取的範圍，從爭取一個完整公民的政治承認，擴及到日常生活環境，例如職場、教會、學校、與家族網絡等。[59]至於「文學公民身分」，則以各種不同的文學形式作為主要的共同體，除了強調人們在書寫與創作的多元參與享有自主與自由的權利，也注重於文學資源的平等分配。在書寫者與作品流動情況底下，它的公民屬性並非隸屬於任何一本護照，抑或某一個單一民族的國家，而能在原鄉與居住地之間仍保有

---

[56] Peter Kivisto and Thomas Faist, *Citizenship : Discourse, Theory, and Transnational Prospects*, UK: Blackwell Publishing Ltd, 2007, p.2.

[57] 請參魏月萍，〈我不在家國：馬華文學公民身分建構的可能〉，《思想》（台北：聯經出版社，2014），頁 67-68。

[58] Jude Bloomfield, Franco Bianchini, 〈文化公民身分與西歐的城市治理〉，尼克・史蒂文生（Nick Stevenson）編，《文化與公民身分》，頁 149。

[59] 同註 53。

以文學為發言權的一種權利。這賦予它遊移的特質，可以穿越在不同的文學共同體之間。[60]「文學公民權」則指每一位公民都擁有的文學共用與參與的權利，不同的族群可以自我決定與詮釋自己的文學主體；詮釋權的主權在於「公民」，而非經由國家決定，或給予某些特定族群優先權。「文學公民權」與「文化公民權」的相通處在於權利平等意識的實踐，不過「文學公民權」更強調的是「文學權」，即對文學權利平等的訴求以及文學詮釋權的要求，並賦予文學創作者書寫自由的權利。[61]它無涉愛不愛國的預設思維，因為它

---

[60] 我在另一篇文章，曾進一步解釋「文學公民」的幾個面向：第一、「文學公民」是一個「文學公共身分」，該身分是由文學公共空間而確立；第二、公共空間的建立，有賴於一定的文學聯繫、承諾與認同；第三、公共空間提供了公共權利，允許不同的意見與看法；第四、文學的「公民性」指的是文學公共義務的履行與實踐；第五、文學公民是建立文學公民社會的先決條件。因此回應前文所提出公民性實踐的論證，其實是指向「文學」如何可以提昇到一個公共的層次，履行它的公共責任、馬華文學如何可能進入公領域的問題。這裡的「馬華文學」是一個廣泛的定義，指與馬華文學生產相關的一切活動，包括作為作品與論述主體的作家與文學論述者。請參魏月萍，〈公共性追尋：馬華文學公民（性）的實踐〉，《澳門理工大學學報》，2014 年 7 月，第 17 卷第 3 期，頁 69-78。

[61] 馬來西亞歌手黃明志，在多年前創作備受爭議的「我愛我的國家」與「丘老師的 ABC」兩首歌，引發了對創作自由問題的探討。然而創作者的書寫自由很少成為一個公共議題，這當然與華社是否具有一個文學公共領域空間大有關係。實際上，爭取文學創作自由的保障權利，原沒有分華社內或外的問題。如何有免於恐懼的書寫自由，是一個民主化國家應享有的權利。但往往不只是缺乏關注（如《蕉風》的作者曾因其詩被內政部認定具色情因素，被迫只以「存目」方式出現在雜誌），又或常牽涉到族群因素而難以取得適當的判準。

不以國家認同作為考量的基準，反之關聯到公民權行使以及文學公共領域建造的問題。

誠然，在馬來西亞語境裡，「文學公民權」所在意的是文學主權而非文學主體的建立，它與華教人士所捍衛的母語教育以及語言自主，應等同視之。換言之，每一個公民具有文學自主的權利，實現文學平等也是人權保障的一部分。文學不必如同教育上的「國民學校」，試圖以國家文學之名將它「扁平化」，反之應以「多元文學論」作為馬來西亞文學的核心精神。而在馬來西亞「境外」生產的馬華文學，亦可以其文學公民身分，表達他們對文學權的看法。有鑑於此，文學公民權的提出，或能協助我們重新解釋公民的文學／文化的權利，突破狹窄的族群觀與虛幻的國家觀，進一步趨向公民社會裡公民多元主義的文學／文化實踐。這裡頭是否可以提煉出一種超越「民族─國家」形態的公民身分形式，亦是我所關注的，所以在嘗試釐清「它實際是什麼」時，也許需更進一步追問「它應該是什麼」。

如曾經惹得沸騰的〈YBJ 的新政治〉馬來短篇小說。當其刊登在以捍衛馬來族群權益為主的《馬來亞前鋒報》星期刊，該小說被華社眾多團體認為具有傳播族群仇恨，教唆暗殺華人議員郭素沁之嫌。該小說作者在接受報章電子媒體訪問時則反駁說：「在我的小說內，不像人們指控的那樣，實際的政治謀殺並未發生，即使故事角色可能身亡了，所發生的事情不過是象徵的。文學創作不應該從字面來閱讀，而需要看到其隱藏的含義。」《當今大馬》http://www.malaysiakini.com/news/91643，2008 年 10 月 20 日。因此到底要在怎樣一種基準上去維護書寫自由或文學的權利，在華文寫作圈較缺乏討論與參照的資源。

不過我們的確仍無法避免一個棘手的難題：要如何擺放「國家」與「公民」之間的關係，[62]兩者之間是一種靜止不可分離抑或可以具有某種的「超越」關係？再者，文學公民權的取得是否不受特定國籍的限制？因此要繼續談國籍與公民身分的問題，不能無視「國家」這個龐大身影的存在。一個嚴峻的問題是：我們能重新建構「國家」的定義嗎？到底國家是頑固的固體，還是可分離的解體？例如信仰多元文化主義者，往往把國家看成是由各種不同的磚瓦所嵌切成的「圖案」而非侵蝕不同文化主體的「熔爐」（melting pot）。不過也有學者如 John Hoffman 認為國家原具有壓制與排他的本質（暴力只是它的具體化？），就這點上它無法重新被建構，唯一的做法只能是「摒棄」（discarded）[63]它，亦是某種意義的「去國」。縱然如此，他仍主張一種「超越國家的公民身分」，[64]這樣的想法也許可以作為借鑑。首先，他先警惕避免對「國家—公民」採取「非彼即此」（either / nor）的思考方式，他以後現代主義為例，舉說後現代主義對現代主義的超越，並非建立在「否定」之上，相反的，是對現代性「之後」（after）超越意義的把握。但 John Hoffman 的講法很快引起論者批評，批評者以為從這個角度來思考「公民身分」的超越性，反而會繼續穩固現代民族國家的本質。不過 John Hoffman 進一步辯論說，不能把公民身分概念化為既

---

[62] 可參 David Miller, *Citizenship and National Identity*, UK : Cambridge, 2005.

[63] John Hoffman, *Citizenship Beyond the State* , Chapter 8 "Citizenship, Democratic and Emancipation" , p.138.

[64] John Hoffman, *Citizenship Beyond the State*, p.138.

非二元論，又非具抽象的普世個性；頗有啟發性的一點，他提到如果要避免流於懷疑主義論的過度絕望與被動，或許應該對支配或統治的權力採取更富有想像力與創意的抵抗形式。

那到底怎樣才算富有想像力與創意的抵抗形式？一如我們不斷詰問要如何尋找討論馬華文學與國家文學關係的開放縫隙？是否能把問題拉到公民身分與文學公民權的問題基礎？例如曾有論者在思考馬來西亞內部國族構建時提出「公民民族主義」的說法，並且提出兩個主要的核心內容：（一）建議跳脫以種族血緣為民族國家建構的唯一認同基礎；（二）在國族整合上不分種族，強調境內所有合法公民享有平等的地位和權利，而個人效忠的是國土範圍內的公共國家機構。換言之，它是以現代公民權為核心，在公民意識基礎上建立共同體的精神。[65]不過這裡頭或許也要謹慎釐清現代公民角色如何不被國家權力所綁架，例如馬來西亞政府在處理砂拉越本南族（penan）原住民的土地問題時，常有意無意忽視原住民按傳統習俗下保留的土地權益，反之以現代公民之名義，冀其臣服於國家的權力意志。[66]

因此，「當代公民」的界定如何可以不受國家疆界的限制而取

---

[65] 陳丁輝，〈想像還是真實？獨立後馬來（西）亞國族建構的再思考〉，何國忠編《百年回眸：馬華社會與政治》（吉隆坡：華社研究中心，2005），頁263。

[66] J. Peter Brosius, "The Forest and the Nation: Negotiating Citizenship in Sarawak, East Malaysia", edited by Renato Rosaldo, *Cultural Citizenship in Island Southeast Asia: Nation and Belonging in the Hinterlands*, pp.76-133.

得它的公民權利，似乎胥視我們如何重新定義或界定「國家」與「公民身分」所涵蓋的範疇。「公民」可以是個變動性概念，不再如傳統定義般的固定與停滯的概念，例如：（1）它允許對「公民身分」概念詮釋的發展；（2）它允許一種革命或漸進式的變化；（3）它是一個在不斷完成的過程中，處在沒有終點的「進行式」當中。[67]此外，公民身分的取得亦是經由「居住地」而非「出生地」。這樣的非傳統概念的性質限定，對於移民文學或離散文學來說至關重要，它不僅僅是一種身分的認同，一個多元文學的領域以外，更有利於爭取文學的自主與自由權利，讓文學不再固守在各自的族群圈子。倘若多元文學公共領域無法建立起來，就無法把原有的族群意識轉化為文學公共意識，在這樣的情況底下，提出否定國家文學或國籍，很容易就被視為一種自我消解與渲洩行為而已。

六、結論

論及華人的公民權課題，它在馬來族群的歷史記憶裡頭，或是與馬來主權相互交換的一種「條件」或「交易」形式，[68]有著牢固不可撼動的意義。不過隨著詮釋與定義的多元，或者可以提供給我

---

[67] John Hoffman, *Citizenship Beyond the State*, “Introduction”, p.13.又請參〈我不在家國：馬華文學公民身分建構的可能〉，頁 68。

[68] 許德發，〈邁向怎樣的新國家？檢視馬來主權論與平等問題〉，收錄於孫和聲、謝偉倫主編，《敢叫日月換新天——308 政治海嘯掀新章》，吉隆坡：燧人氏，2008，頁 58。

們不同看待公民身分與公民權的資源，重新檢視公民權的歷史意義，並拓寬對馬華文學政治身分的探討。由此，申訴公民的文學權利，不隸屬在護照的證明抑或單一民族國家的公民身分，對於遠離的家鄉抑或現時的居住地，都可以具有某種文學公民意義的身分，胥視我們如何能拓展文學公民／權的意義。文學公民權強調多元文學論述，乃與多元文化主義相呼應，或有助於打破一元化文學體系的霸權體制，不過它僅僅是一個學術觀點，抑或有它務實且可實踐的可能性，仍有待更多的討論。

† 本文原發表於《台北大學中文學報》第 18 期，2015 年 9 月。修訂於 2018 年 12 月。

公共性追尋：
馬華文學公民（性）的實踐

一、前言：「馬華文學」作為方法[1]

「馬華文學」是一個具有多元內涵的文學身分屬性，從華人文學、華文文學、華裔馬來西亞文學、馬來西亞華語語系文學等「名稱」的遞變，說明了「馬華文學」始終處在一個「進行式」的過程，也喻示它的可變性與可動性。[2]這樣的變動始終沒有離開「馬華」這個空間場域（並非直指馬來西亞華人社會，而是指以華人文

[1] 這個概念轉化自溝口雄三「中國作為方法」以及陳光興「亞洲作為方法」在方法認識論上的借鑒。

[2] 若參照「新華文學」的發展，如今新華文學面對的挑戰是來自「新移民文學」。新移民寫作及文學生產的累積，是否會改變「新華文學」的定義內涵，在方法意識思考上，或可與「馬華文學」互為參照。

化經驗脈絡為主），也說明在這場域的文學生產（創作或論述）必須不斷對現實的文學生態或政治文化作出「回應」（response），例如魔咒般緊拴著華社的「國家文學」，[3]在去國、後國家或無國籍論述衝擊之下，仍然挺立於華人的心靈。然以「馬華文學」之名要求國家的「承認」，關鍵或不在「文學」本身，而是牽涉馬來西亞多元族群脈絡底下，公民平等權利的要求與承認，其中包括語言權利實踐的合理與正當性，才是最根本的問題。[4]已有論者指出，馬來西亞華人向來面對「承認的匱乏」，華人作為不完整的公民，在各方面都要求平等權利的承認。但「承認」背後具有一個更本質性的問題——馬來民族「原地主義」的歷史建構，確立了馬來人主權（malay sovereignty，馬來文為 ketuanan melayu）的合法性，[5]導致

---

[3] 莊華興，《國家文學：宰制與回應》（吉隆坡：大將出版社，2006）。

[4] 這個問題不只發生在「文學」，馬來西亞華人電影也因為「電影語言」為「華語」，直接受到電影政策的影響。按馬來西亞電影政策，如果電影中沒有達到百分之六十為馬來語，便被排斥在「馬來西亞電影」以外，該電影必須繳付高達百分之二十的娛樂稅。馬來西亞社會雖然是「多語共存」，但各族群語言之間不具平等價值。

[5] 在一九四八年的馬來亞聯邦聯盟協議，英殖民地政府不但「承認」了馬來主權的合法性，同時也承認馬來人可享有特別的地位，包括以馬來文作為國家語言、回教為國教、馬來統治者為建制化的君主等。至於非馬來人亦可取得公民權、自由信仰以及保留本身的母語的權利。這說明後殖民的馬來西亞，其實仍沿用殖民時期建構的族群結構觀念，來鞏固馬來人的特權。而非華人在對抗馬來民族主導的特權意識時，無法打破「歷史的協商」所造成的不平等結構。Cheah Boon Kheng , “Ethnicity and Contesting Nationalisms in Malaysia” , Cheah Boon Kheng edited, *The Challenge of Ethnicity: Building a Nation in Malaysia*, Singapore:

非馬來人的「公民身分」在歷史本質上已存在先天的缺陷。[6]

「馬華文學」在命名上的變動，有賴於詮釋群體的持續活動，從早期對馬華文學的定義、起源、本土性、中國性到文學的離散、國籍身分等，此地與彼地，從文學觀念到美學價值，「在地」與「旅台」作家鑒於各自書寫位置的差異，在發言權位置上處於競爭狀態，一直存在某種緊張感。[7]縱然如此，卻也累積出可觀的論述資源，構成了一套理解馬華文學的知識體系。如果把「馬華文學」作為方法，「馬華文學」便從一個文化範疇，轉化為一種問題觀照的方法，不只可以看見「馬華文學」與現實政治文化脈絡的互動，從在地與旅台文學社群的詮釋觀點，亦可映照出不同歷史與書寫經驗脈絡底下，自我與他者如何將彼此經驗相對化的過程。同時以「文學公民」的多元與共存的立場，在超越文學歧見上，把握文學的公共性，尋求共同的文學話語，或可找到基本對話的理解與基礎的契機。例如台灣作家郭強生曾在《文學公民》一書中寫道：「我看到文學仍有運轉的空間，所以依然不願意放棄，所以積極地試探

Marshall Cavendish Academic, 2004, p.45.

[6] 許德發〈「承認」的鬥爭與華人的政治困擾〉，收錄於文平強、許德發合編，《勤儉興邦——馬來西亞華人的貢獻》（吉隆坡：華社研究中心，2009），頁 233-254。或可參 William R. Roff, *The Origin of Malay Nationalism*, US: Yale University Press, 1967.

[7] 陳大為曾經指出「當代馬華文學」三大板塊論，分別為西馬、東馬及旅台，便旨在說明「馬華文學」不是「鐵板一塊」的文學系統，彼此之間具有競爭關係。詳論請參《思考的圓周率——馬華文學的板塊與空間書寫》（吉隆坡：大將出版社，2006）。

它的功能。我把自己想像成公民的角色，我與社會文化學院媒體都有著責任義務牽扯的共存關係。這個關係的核心價值，其實就是『回應』與『責任』」。[8]郭強生把「作家」想像成「公民」，而文學可以發揮「回應」與「責任」的功能，但問題是：文學的「回應」與「責任」功能，未必是每個作家所具備的認同基礎，況且對責任的判斷也可能因人而異。因此置於馬華文學脈絡，什麼是「文學公民」以及「文學公民的核心價值」，它所呈現的回應與責任，究竟可以有怎樣的想像與思考，是我所感興趣的。

換言之，我所詰問的是：馬華文學如何可能與公民（身分）論述（citizenship discourse）發生關係？我在二〇〇八年及二〇一〇年曾經寫了〈誰在乎文學公民權？馬華文學政治身分的論述策略〉與〈我不在家國—馬華文學公民身分建構的可能〉二文，前者處理「文學公民權」的問題，後者著重於「文學公民身分」，試圖在新公民論述底下、探索馬華文學所可能提供的視野，其中包括文學權、文學公共性以及超越既定「國家—公民」結構的文學公民身分。但這其中產生的難題是：如何論證文學公民性的實踐？公民身分（citizenship）不是自然形成，它是一個被發明的概念，並且受到政治、經濟與社會變遷等條件的影響。而跨國與全球化，不但衝擊了十九世紀以來所建構的公民身分內涵，也促成各種不同新興公民群體，試圖超越民族國家的界限，重新定義公民身分。文學作為

---

[8] 郭強生，《文學公民》〈代序：有一種書，還有一種人〉（台北：三民書局，2005），頁 2。

一個創作／書寫共同體，究竟如何可以超越國家、國籍與國族主義的限制，履行其「文學公民」身分與「公民性」？所以，本文欲藉馬華文學為詮釋主體，以「馬華文學」作為方法，討論馬華文學如何在文學公民身分建構脈絡底下展現文學的公民性。

二、「中邊」[9]觀照：族群與離散的雙重脈絡

公民身分論述涉及的是成員身分、認同、價值、平等參與權、責任與義務等問題，然如前所言，在跨國與全球的浪潮衝擊底下，開始出現不同類別的公民身分類型，都旨在回應不同情境脈絡與共同體所面對的問題，例如「文化公民」（culture citizenship）強調的是公民對文化意識的自覺性，特別著重於責任與義務的關係，而其背後乃針對少數族群的文化與語言權利。[10]「女性主義公民」（feminist citizenship）則視「公民身分」為「男人為男人發明的概念」，在這樣的性別預設立場之下，女人失去平等的社會權利，是擁有極度缺陷的性別公民，因此要求女性平等的公共空間。[11]「酷

---

[9]「中邊」原是佛教術語，對事物把握的思維方法。「中」指的是「不執於二端」的中道，「邊」則指相互對立的兩個極端。

[10]Renato Rosaldo, "Cultural Citizenship, Inequality and Multiculturalism", Linda Alcoff and Eduardo Mendueta edited, *Identities : Race, Class, Gender and Nationality*, Malden: Blackwell, 2003.

[11] Kathleen Knight Abowitz and Jason Harnish, "Contemporary Discourse of Citizenship", *Review of Education Research*, Vol..76. No 4（Winter 2006）, p.667.

兒公民」（queer citizenship）論述則採取了後現代主義思考，該群體對公民身分的討論，不只是一種成員身分、地位或穩定認同的認定，反之它反映的是公共勇氣與冒險的精神，要求社會多元的公共生活，各群體得以在這個空間舞台上展示他們的生活與社交世界。[12]而在當代移民史中受重視的「跨國公民」（transnational citizenship）則在移民歷史與超越國界疆界基礎上，試圖在國與國之間建立非正式的網絡與紐帶，並以人權為主的國際法為其準則。[13]馬華文學意義下的「文學公民」又該如何理解？

> 文學公民指的是在「創作與書寫」的認知範疇建立一種「創作秩序」，並以多元與自由為其最高原則。這原則能保障創作者在維護文學共同利益的主觀意願底下，在變動不居的客觀環境中，仍然守護著自由創作的最高理念，爭取平等的文學權利（資源或發言）的責任意識，形成具相同理念的文學共同體（或可稱文學自主國）。因此，凡期許創作突破狹窄的族群觀與虛幻的國家觀，走向公民社會裡公民多元主義的創作者，可經由作品取得文學公民的憑證。它打破國家與根的觀念，不受邊界的限制，可以選擇在不同的文學共同體發聲，這奠定了它具有「可游移性」的特質，可以擺脫地方給予身分的干擾，並賦予其文

---

[12] Kathleen Knight Abowitz and Jason Harnish, "Contemporary Discourse of Citizenship", *Review of Education Research*, Vol.76. No 4（Winter 2006）, p.674.

[13] Baubock, R, *Transnational Citizenship : Membership and Rights in International Migration*, Brookfield, VT : Edwardelgar, 1994, pp.20-21.

學發言的權利。[14]

簡言之，馬華文學公民乃以平等的文學權為主要訴求，要求平等的文學權利與創作自由。可是這裡頭需要解決一個棘手的問題，即是文學權的爭取的意義究竟是要放到怎樣的脈絡結構去解釋？「平等文學權」對於「在地的馬華文學」與「旅台的馬華文學」儼然有不一樣的價值意義。前者主要回應的是立基於族群脈絡底下文學公民論述，其中包括多元性[15]、語言權利的實踐等問題，目的在於打破單元化的語言霸權以及文學資源的不均衡。後者則在離散脈絡底下，強調打破國家之間的邊界，並企圖超越對固有「國家」詮釋的封閉觀念，以流動與跨越回應在地或地方主義的問題。若執於一邊，恐被誤解落入「抽離式」的「離散主義」或要求「行動式」的「介入主義」二端。最近旅台文學論述者張錦忠與在地文

---

[14] 請參魏月萍，〈我不在家國——馬華文學公民身分建構的可能〉，日本立教大學與台北大學合辦「華人文化與文學國際學術研討會」，2010 年 2 月 22-23 日，頁 8。

[15] 馬來西亞是一個「多元社會」（plural society）但並非真正實行「多元文化主義」（multiculturalism）的國家。後者立基於自由民主原則，以文化差異為基礎，確保個人在私領域與公領域獲得平等的對待。Maria Markus, "Cultural Pluralism and the Subversion of the Taken for-Granted World", Rainer Baubock and John Rundell edited, *Blurred Boundaries: Migration, Ethnicity, Citizenship*, Austria: European Centre Vienna, 1998, p.246.參照新加坡的例子，新加坡國族建構雖強調多元族群，但其內部卻是以華族為主體。John Clammer, "Chinese Ethnicity and Political Culture in Singapore", in L.A. Peter Gosling and Linda Y. C. Lim（eds.）.*The Chinese in Southeast Asia.* Vol.2（Identity, Culture and Politics）, Singapore : Maruzen Asia, 1983.

學評論學者莊華興對國家文學的著重點與分析視角，正可說明以上的現象。張錦忠在馬來西亞華文報《東方日報》針對「國家文學」問題寫了三篇專欄稿，題為〈國家文學：馬華文學不是我的菜〉（2010 年 8 月 17 日）、〈國家文學：答案啊飄揚在風中〉（2010 年 8 月 23 日）、〈馬華文學：沒有出口，還是存在與虛無？〉（2010 年 8 月 31 日），被莊華興指說「有意拿文化台灣為參照，觸目所見自然處處皆『現象』，而非本相。我以為這跟他的離散視角有莫大關係」，[16]換言之，莊華興意圖指出離散視角的遮蔽性，繼而提出以第三世界整體的文學概況來涵括馬華文學所面對的出版機制與文學資源貧乏問題，最後說道：「文人／評論家不直接介入社會，推動民主和社會公正議程，光想靠文學翻身，到頭來恐怕要失望」。[17]這句話雖然沒有直接把矛頭指向作家或文學評論家，但「靠文學」的人不外是這兩種身分的人，不難理解這段話背後的「潛台詞」，指向了作家與文學評論家與公共領域之間的關係。（此部分下節再詳論）。因此針對馬華文學的「族群性」與「離散

---

[16] 莊華興，〈「國家文學」不是「問題」？〉，「馬來西亞獨立新聞在線」，「我的國家」（專欄名稱），2010年9月4日。http://www.merdekareview.com/news/n/14774.html。莊華興這篇文章也引來張錦忠的回應文章〈回到馬來西亞文學——馬華文學不是問題，國家文學才是問題〉，其中討論的重點：（一）取消「國家文學」的語言限制；（二）擱置或取消「國家文學」，回到「馬來西亞文學」的概念，但它在實踐上仍面對單語或多語的問題。《東方日報》〈東方名家・離散時光〉（專欄名稱），2010 年 9 月 13 日。

[17] 莊華興，〈「國家文學」不是「問題」？〉，「馬來西亞獨立新聞在線」，「我的國家」（專欄名稱），2010年9月4日。http://www.merdekareview.

性」二者，有必要先進行脈絡的梳理，以理解它的針對性或有所遮蔽之處。

「族群」（ethnic）是一種身分的辨識，經由政治權力與文化差異，劃分出自我與他者，局內人與局外人的界線。馬來西亞的族群劃分是殖民歷史建構的結果，獨立後仍沿用與複製前殖民思維，通過建立社會契約的歷史認知，把族群觀念制度化與政策化，從此廣泛影響馬來西亞各不同族群在各階層的權利。馬華文學面對最尖銳的挑戰，是自一九七一年國家文化政策頒佈以後，[18]非用「馬來語」寫作的文學已被排除在具有國家建構符號的「國家文學」，馬華文學與其他族裔文學已被放置到「族群文學」的位置。這導致以華文書寫的文學，不只成為華人身分與主體建立的方式，最後亦轉化為華人的文化形式。這樣一種文學再現方式，使書寫成為族群合理存在的憑藉，文學轉化為政治抵抗的場域，因而具有「抵抗文學」的象徵意義。有關這方面，不少論者已有說明，就不再贅述。[19]但這裡面存在的弔詭與困境是：（一）他者族群思維的結構化。面對以馬來話語為文學主權的巨大的「他者」（馬來文學），

---

[18] 有關國家文化政策的討論，可參 Kua Kia Soong edited, *Malaysian Cultural Policy and democracy*, Selangor : The Resource and Research Centre, 1990.

[19] 例如文學研究者許文榮曾指出馬華文學「文學的政治抵抗則是通過特定審美形式、文本組織與話語建構，抵銷政治主導者來勢洶洶的政治意識形態暴力」，《南方喧嘩：馬華文學的政治抵抗詩學》（吉隆坡：漫延書房，2009），頁 19；或可參張光達，《馬華當代詩論：政治性、後現代性與文化屬性》（台北：秀威科技資訊公司，2009）。

對族群內部的差異相對缺乏審視，包括以英語寫作的華裔群體、以及淡米爾文或英語創作的印裔群體。換言之，我們大多數只是往上看，而忘了向左看向右看。對於族群間的文化差異，視野被困綁在中心與邊緣的理解框架，反而漠視「他者」之間的相互理解以及經驗的互相參照。例如在印裔小說家 K.S. Maniam 小說人物的族群與家園意識，透露了第二代印裔已根植於馬來西亞而非印度。[20]又如 Nadarajah 所坦言其所面對的族群困境，原本自視為印裔馬來西亞人（Indian Malaysian）的他，最後卻必須以馬來西亞印裔（Malaysian Indian）或在馬來西亞的印度人（Indian in Malaysia）自況，這些經驗如何與華人族群經驗相對照？[21]史碧娃克（Spivak）曾經提及「當我們在討論身分認同時，我們要瞭解的是認同意識是如何產生的，甚於注重我是誰、誰是主導者或誰被包含在內。……我們談的是『再現』與『位置』。」[22]就像黃明志曾公開說道「我的民族是

---

[20] K.S. Maniam, *Haunting the Tiger*, London: Skoob Books,1996.

[21] M. Nadarajah, "*Another Malaysia is Possible and Other Essays : Writings on Culture and Politics for a Sustainable World*", Kuala Lumpur, Malaysia : NOHD Publication, 2004.

[22] Spivak, Gayatri Chakravorty, Keynote address at The International Conference on Dialogue Across Cultures: Indentity, Place, Culture, Monash University, Melbourne, Australia. 11-14 November, 2004.轉引自 Ong Puay Liu, "Ethnic Salience and Perception in Malaysia", p.220. Edited by Abdul Rahman Embong, *Rethinking Ethicity and Nation Building—Malaysia, Sri Lanka & Fiji in Comparative Perspective*, Selangor : Malaysian Social Science Association, 2007.

馬來西亞人！」[23]但到底是怎樣的情感，怎樣的認同意識與意義讓他認為自己是「馬來西亞人」而非「華人」？這些情感、認同與意義又是如何產生的？這將導向另一個困境是：（二）是否要去華人中心化？即指向對「非華不可」的思考。自九十年末烈火莫熄運動之後，受該運動洗禮的大學生在自我華人身分界定以及政治參與方式，已漸漸有意識超越一般的「華社思維」，強調「跨族群」與「馬來西亞」視角。[24]在文學的層面，從早期的「中國性」[25]、「華人性」到後來的「馬來西亞性」或與其相反的「離散性」[26]究竟是在消解華人的身分，還是在重構新華人身分，而這樣的轉變是否能促進原有族群思維的轉變，包括如何看待「華人」與「國家」以及「國家文學」之間的關係，「華或不華」彷彿成為一個困難的政治選擇。

如果把視角轉換到「離散脈絡」（diaspora context），原來的問題將改變它的提問方式，從「誰是馬來西亞人」轉向「誰是馬華作家」的詰問。但如前所說，誰是或誰不是，是一種包含

---

[23] 李文心報導，〈謝詩堅奉勸創作真善美歌曲，黃明志回嗆批評者聽歌不多〉，「獨立新聞在線報導」，2010 年 9 月 16 日。http://www.merdekareview.com/news/n/14895.html

[24] 魏月萍，〈非華不可？族群政治角力中的知識生產〉，陳光興、蘇淑冠編《當前知識狀況——2007 亞洲華人文化論壇》（台北：台社論壇，2007），頁 131-140。

[25] 黃錦樹，《馬華文學與中國性》（台北：元尊文化出版社，1998）

[26] 張錦忠，《南洋論述——馬華文學與文化屬性》（台北：麥田出版社，2003）。

（inclusion）或排除（exclusion）的對立行為，任何人都可以輕易的把某些人納入或拒絕在自己的共同體。例如我曾經討論馬華在地作家陳雪風對旅台作家的「控訴」，他認為：第一、在台馬華僑生的創作不應納入在馬華文學範疇，不少作家後來改籍為台灣公民。第二、不在馬來西亞土地上的文學都是被流放的文學，是他國文學的「新移民」。[27]檢視陳雪風背後的思考，乃出自於其在地性（locality）觀點，對他而言「文學的輸出、一種流放的狀態，意謂著文學與其原生土地的關係已經斷裂。這樣的『土地』觀念，儼然是被賦予一個固定與恆久性，以及身體投入的『根源意義』，非流動可任意變動的『選擇意義』。而作家『改籍』為『台灣公民』，亦喪失與原生土地的關係，不植根於馬來西亞的文學不適合被稱為『馬華文學』」。[28]這種本質化的地方建構、土地觀念，最終形成了排他意識。把旅台文學轉換為新移民文學，純粹是著眼於作家或文學的「國籍」，就足以把已經改籍的作家或其作品，判定為「沒有身分的人」？旅台作家張貴興在接受訪談時說道：

> **東南亞，那是我的根，是我生活的地方。雖然我在台灣教書，但是我的根不在台灣，也不在中國大陸，是在東**

---

[27] 陳雪風，〈我們要另有期待〉，《馬華文學布羅閣》第14期，2009年11月1日，頁2。

[28] 魏月萍，〈我不在家國——馬華文學身分角色建構的可能〉，日本立教大學與台北大學合辦「第一屆華人文學與文化國際學術研討會」，2010年2月22-23日。

> 南亞。[29]

同樣在台灣教書寫作，與張貴興同鄉來自東馬的李永平則說：

> 人啊，還是要落葉歸根，我的根在婆羅洲這塊土地上。[30]

「根」代表某種身分歸屬與位置，或某種家鄉情懷，而「家鄉其實是心園裡頭的想像鄉土」。[31]對作家而言，故鄉情懷並不一定要與作品的屬性困綁在一起，如李永平視婆羅洲為根，卻直言不喜別人稱其作品為「馬華文學」。[32]張貴興書寫婆羅洲，尋找的是東南亞熱帶雨林的心靈地圖與精神圖騰，包括華人移民史、傳說等，但也曾落入「販賣雨林書寫」的指責聲浪當中。「旅台作家」並非是鐵板一塊，毫無內部的差異，但往往被同質化為具高度相似的命運群體，原因何在？對於旅台作家的「離散心境」或在地作家的「非離散感受」，彼此其實都缺乏相應的理解，以致在談論有關馬華文學問題時，礙於詮釋權力、位置、策略與認同的差異，往往充斥著激烈與激動的情緒。

旅台作家／文學論述者建構馬華文學的離散屬性，由來已久，張錦忠在《關於馬華文學》曾作了很清楚的表述：

---

[29] 歐銀釧專訪，〈張貴興：我的根在東南亞〉，《亞洲眼》，2010年7月號，頁53。

[30] 詹閔旭採訪撰文，〈大河的旅程，李永平談小說〉，《印刻文學生活誌》2008年6月號，頁175。

[31] 張錦忠，〈兩個這鄉望他鄉的故事〉，黃錦樹、張錦忠編《別再提起》（台北：麥田出版社，2004），頁67。

[32] 施慧敏、伍燕翎訪李永平，《問答集——李永平訪談錄》，2008年11月25日。

> 作為族裔文學，「馬華文學」為離散華人（離開中國散居他鄉的華人及其後裔）的華文書寫。離散中國人在移居地取得身分證，成為公民或居留者，結束其離散或移徙行為，有了「從屬國家」，而其後代則在移居地土生土長，成為移居地的「族裔」。但是，這個移居地的離散歷史或離散族裔性，這也是離散華人在馬來西亞歷史上有別於其他族群的差異來源。故馬來西亞華裔仍然屬於「離散華人」，其文學書寫也具有這種離散文學屬性。[33]

張錦忠談馬華文學的離散，從移民歷史到再移民的過程，突顯了家園（homeland）在哪裡的問題。對離散社群而言，「家園」是流動的概念，是當下居住的地方。按以上說法，遷移居住在台北的旅台作家，歷經了雙重的離散，雖然作品大多書寫「馬華」，且以出生地作為故鄉或原鄉，卻因此而使文學屬性備受質疑，形成有國籍與無國籍的對立。黃錦樹曾經宣告「無國籍文學」[34]的文學立場，以追求文學書寫自由的最高標準，如此一來，惱人的國籍與國家（文學）問題，似乎輕易的被擱置。可是被判定為無身分的人，是否意味對涉及馬華文學的一切，也就喪失了文學的發言權？由此可知，如果只執於文學的族群性或離散性，抑或把二者屬性都摒棄，有可能是落入「反鑑索照」（把鏡子倒反過來映照）的境況。

---

[33] 張錦忠，《馬華文學》（高雄：國立中山大學文學院，2010），頁 9。

[34] 黃錦樹，〈無國籍華文文學——在台馬華文學的史前史，或台灣文學史上的非台灣文學：一個文學史的比較綱領〉，收錄於張錦忠、黃錦樹主編，《重寫台灣文學史》，頁 123-160。

反之，嘗試採以「中邊」方法，以不落二邊的整體觀照，或能把二者的經驗相對化，找到一個可以接合之處，而所謂的「公民性」（civility）或許是一個替代思考的可能。

三、馬華文學公民（性）實踐

在公民社會的脈絡，一般是把「公民性」視為公民社會的內在屬性，而「公民性」的特質被解釋為公民個人所表現出來的某種處世態度和行為方式，例如公民品格、公民屬性與公民精神。[35]但如前所說，在全球化浪潮席捲之下，所謂領土的原則被打破、國家文化的自主被破壞以及激增跨越國家邊界的流動力，都使全球公民論述急遽突破了它原來傳統的定義，隨著各不同社會與政治脈絡情境，影響了個人與國家及國界之間的關係。首要受衝擊是對「身分證」與「護照」的認知，文化研究學者趙彥寧曾藉費雷思（Feinberg Leslie）的話指說：身分證是個人面對現代國家權力時，必須展現的可被視覺性辨識之身分；而護照是證實個人「所屬」之國家於國際社群中的真確性時，所必須展示的證據。後者不但證實個人的公民身分，且又以這個公民身分間接地界定其公民性國家的存在。[36]我們雖然無法取消護照上的國籍與公民證明，卻可以重新

[35] Edward Shils, *The Virtue of Civility: Selected Essays on Liberalism, Tradition, and Civil Society*. Steven Grosby, Indianapolis : Liberty Fund, 1997.

[36] 趙彥寧，〈性／別與國界〉，《文化研究月報》第12期，2002年2月15日。http://www.ncu.edu.tw/~eng/csa/journal/journal_park82.htm；Feinberg Leslie, “Allow

界定或拓展公民的意義與權利範圍。如美國學者王愛華（Aihwa Ong）所指說：「護照」的公民意義已經減弱，[37]它不再是對民族國家表示忠誠的主要象徵，在全球資本流動脈絡下，政治所決定的邊界變得毫無意義。[38]他以「彈性公民身分」（flexible citizenship）概念說明瞭全球「流動的資本」（人力、技術或知識等），已經打破福柯（Foucault）對「護照」的定義及具「生物政治」特質的限制，護照僅僅透露個人的居所、旅行狀態，以及歸屬之地的意義逐漸被消解。[39]

新公民形式的出現，使國家公民角色變得不那麼重要，甚至可以一種「後國家的存在感」（postnational belonging）來加以對待。新公民服膺於普世人權，擺脫民族國家擬定的疆界的束縛，公民身分的取得不再是以「國籍」為基礎。最激動人心的說法是，只

Me to Introduce Myself", in *Trans Liberation: Beyond Pink or Blue*. Boston: Beacon, pp.15-42.

[37] 例如李永平曾透露，從英國護照轉換成馬來西亞護照時，是因為需要一個「身分」，心裡卻沒有辦法當自己是「公民」。施慧敏、伍燕翎訪李永平，《問答集——李永平訪談錄》，2008 年 11 月 25 日。林玉玲則曾以「主體無定性」來比喻以「護照」移走在地與他方的人，並認為在『在地』與『無處』之間，在『當地』與『全球』之間，不是矛盾，而是辯證。」張錦忠，〈在秋蟬中與林玉玲談詩及其他〉，《星洲日報・文藝春秋》，2009 年 5 月 3 日。

[38] Aihwa Ong, *Flexible Citizenship: The Cultural Logics of Transnationality*, United States : Duke University Press, 1999, pp.2-3.

[39] Aihwa Ong, "Flexible Citizenship", Pheng Cheah and Bruce Robbins edited, *Cosmopolitics : Thinking and Feeling beyond the nation*, US : University of Minnesota, 1998, pp.142-143.

要在疆界內找到有所關聯的根源意義，例如家族聯繫、經濟牽連或文化參與，都應被賦予一定的公民權利。[40]而為了避免他者的被排除，有必要建立一種跨文化經驗的共同生活感，人們的參與不再是立基於民族或原生文化，相反的是在日常生活世界共用公共空間。[41]公共空間網絡的建立，能促成一種新的公共意見以及新的社群意識，正如哈伯馬斯（Habermas）所認為，公民是一個不需要宣稱擁有共同文化認同的政治社群，公民規則起源於承認個人性是社會與文化脈絡的形式，而個人是社會與文化群體的成員。[42]這樣的公民身分才能達致個人平等、民主參與，以及在做任何政治決策時，承認集體之間的差異。

馬華文學「如何可以」以及「為何需要」轉化為具公共性的文學公民意義，超越「族群文學」與「離散文學」的概念，關鍵在於是否可以掙脫保守與狹隘的族群意義，或非由一種任意性的離散意識所牽引，並且能超越在地與旅台的二元思維。相互參照之下，在地或旅台，其實都在各自的主體脈絡受到某種「排除」的思想影

[40] Stephen Castle, "Globalization and the Ambiguities of National Citizenship", Rainer Baubock and John Rundell edited, *Blurred Boundaries: Migration, Ethnicity, Citizenship*, Austria : European Centre Vienna, 1998, pp.241-242.

[41] Stephen Castle, "Globalization and the Ambiguities of National Citizenship", Rainer Baubock and John Rundell edited, *Blurred Boundaries: Migration, Ethnicity, Citizenship*, Austia : European Centre Vienna, 1998, p.242.

[42] Habermas, J. "Struggles for Recognition in the Democratic Constitutional State", in Gutman, A edited, *Multiculturalism: Examining the Politics of Recognition*, New Jersey : Princeton University Press, 1994, pp.107-148.

響而失去完整公民身分的發言權，當中的邏輯思維竟呈現高度的相似，例如訴諸於土地觀念，須承受「外來者」、「移出者」、「移民文學」等批評指責，「不是國家文學」與「不是馬華文學」共繫類似的命運。「有籍無國」或「有國無籍」的馬華文學，都面臨公民身分的嚴峻考驗。因此有必要重新建構馬華文學的公民身分與公民性，以能夠營造平等的文學發言與參與權利，超越族群本位、在地本質論、土地根源、國籍與國族等限制。首先須處理的是馬華文學公民身分確立的問題，我曾經作以下的定義：

> 文學公民身分的確立，是經由文學公共空間而確立的，因為「文學公民」是一個文學公共身分的認定。在這個公共空間，人們因為對文學的聯繫與承諾而凝聚認同感，並享有一定的公共權利，針對與文學相關的種種問題提出意見與看法。其「公民性」的彰顯，在於它可以履行文學公共義務的實踐，即文學的創作自由、作家的創作權。「創作」這個行為可以是個人的、私密的，但作品需要面對大眾，它有一定的公眾讀者或賴以對話的群體。所以文學公民身分在超越國家、個人、語言之餘，它其實是一個通往文學公民社會的途徑。[43]

按以上所述：第一、「文學公民」是一個「文學公共身分」，該身分是由文學公共空間而確立；第二、公共空間的建立，

---

[43] 魏月萍，〈我不在家國——馬華文學身分角色建構的可能〉，日本立教大學與台北大學合辦「第一屆華人文學與文化國際學術研討會」，2010 年 2 月 22-23 日。

有賴於一定的文學聯繫、承諾與認同；第三、公共空間提供了公共權利，允許不同的意見與看法；第四、文學的「公民性」指的是文學公共義務的履行與實踐；第五、文學公民是建立文學公民社會的先決條件。因此回應前文所提出公民性實踐的論證，其實是指向「文學」如何可以提昇到一個公共的層次，履行它的公共責任、馬華文學如何可能進入公領域的問題。這裡的「馬華文學」是一個廣泛的定義，指與馬華文學生產相關的一切活動，包括作為作品與論述主體的作家與文學論述者。

馬華文學公民性的實踐與馬華文學思潮的演變脈絡有相互呼應的地方——五〇與六〇年代的反殖意識與愛國意識反映在張景雲的詩集《言筌集》，[44]其中一首〈晚禱，群眾大會〉[45]（以下節選），對殖民主義的欺壓，表達了殷切祈盼殖民苦難結束的心理：

> 這裡是另一個世界
>
> 閃電的標誌旁
>
> 出現三兄弟民族堅定的形象
>
> 黑壓壓的人群
>
> 蜂簇、浪湧
>
>
> 每個人的胸膛裡

---

[44] 具體討論請參張光達，〈國家獨立初期馬華現代詩與殖民主義——以張塵因《言筌集》為例〉，《馬華現代詩——時代性質與文化屬性》（台北：秀威科技資訊公司，2009），頁169-182。

[45] 張塵因，《言筌集》（吉隆坡：人間出版社，1977），頁5。

都跳動著一顆殷望的心）
鋼鐵般的演說者
鋼鐵般的聲音
「……我們的苦難……殖民地主義……
快了！」
雷動的掌聲於是轟響
召喚著明天

（一九五九年三月星加坡）

七〇年代至八〇年代，華社充滿憂患家國與文化中國意識，如傅承得和方昂的抒情政治批判詩《趕在風雨之前》和《鳥權》，以詩關切家國與發聲的人權；馬大校園的憂患散文、天狼星詩社以及遠在台灣的神州詩社，馬華文化與中國文化互為表裡，文學創作成為表達文化危機焦慮的重要形式，甚至演變成一種反覆操練的「儀式」，一如「傳火」，一如「練武」，蘊含深刻的文化身體意涵。至於九〇年代的中國性與華人性的追尋以及族群關係書寫，叩問文化主體與族裔主權的形構，而這也是馬華文學論爭蓬勃的十年，論題涉及馬華文學的定位、經典缺席、斷奶論等。另外，自馬共在一九八九年簽署合艾和平協議，走出森林以後，馬共開始書寫自己的歷史或以文學來處理歷史記憶，帶動了馬共題材創作的熱潮，無論是馬共作家的內部視野抑或非馬共作家的外部視野，通過小說追問歷史正義與承認的合法性。過去隱晦的馬共身影，在小說中頻頻出現，甚至走入了文學公共領域，成為重要的文學公共議題。

無論是詩、散文、小說或論述文字也代表某種的文學／文字行動，彰顯作家的公共意識、理性價值以及政治實踐，重要的是，它可以創造出某種公共空間、可作為文學秩序的公共語言，最後這種秩序成為文學創作的潛規則。舉例而言，馬華文學研究學者林春美曾以馬華政治詩為表述，揭示不少馬華政治詩中詩人對家國及自我公民身分的探索，指說詩中「體現了詩人對現代政治共同體中身分之內容與意義思考積極參與的『公民性』，而不再如前人般僅止於期待一種形式身分（公民）的被認可／被賦予」，[46]有些詩作則是以「旁觀者」的姿態，保持一種隱晦的心態，反映了境內發言者的困境：「對政治缺乏強烈的干預（或僅作簡單的介入），並不意味著他們不關心國事，而是作為在境內的發言者，實際上還有許多安全因素需要去考量。」[47]在風雨飄零的八〇年代，馬華政治詩的興起，[48]不只透露了作家的憂患意識，詩也展現豐沛的批判力量。傅承得的《趕在風雨之前》、游川的《吻印與刀痕》等都對「馬來西亞人的馬來西亞」作出詰問；後來的林若隱、呂育陶等充滿政治隱喻的詩等也直叩馬來西亞的政治與社會狀態。[49]此時，「詩人」不

[46] 林春美，〈從「動地吟」看馬華詩人的身分認同〉，《性別與本土：在地的馬華文學論述》（吉隆坡：千秋文化出版社，2009），頁 39。

[47] 林春美，〈從「動地吟」看馬華詩人的身分認同〉，《性別與本土：在地的馬華文學論述》，頁 44。

[48] 張光達，〈馬華政治詩：感時憂國與戲謔嘲諷〉，《人文雜誌》第 12 期，2002 年 11 月。

[49] 例如林若隱的〈貓住在五十七條通的巷子裡〉、〈馬來西亞和我的夢〉以及〈在黃紅藍白色如夢的國度〉。呂育陶的〈獨立日〉、〈後馬來西亞人組

僅僅是一個私領域的個人化（personalizing）身分，它也能夠創造出一種公共身分，通過「詩」來發表公共意見。又如眾詩人參與的「動地吟」為例，「動地吟」不只是一個文學表演空間，通過詩的激情與表演性，以及詩作對家國、身分認同與社會體制作出的叩問，詩人轉化為「演出者」，個人的情感與體驗，亦轉化成一個共同體的普遍感受，實際上已經形成一種「社會連帶」（social bond）的公共形式。當一種新的文學言說方式與公共空間被創造出來，「沈默的觀察」（silent observation）便不再成為馬華文學秩序的主要原則之一。

這樣的社會連帶意識有助於把個人意識轉化成公共意識，例如有關作家的國家論述，[50]它所表現的不只是作家與創作如何回應國家議題，而是進一步提出「個人如何與國家維持恰當的關係」的思考命題，並提供不同經驗脈絡底下的可能選擇。文學中的家國思考，可以經由解構、重新建構、隱喻化方式，把國家抽象化或工具化。而「論述」本身便是一種公共行為，關鍵在於如何把重要的論述辭彙／語言轉化成公共的語言，例如平等、權利、民主、多元等。又如小說中的族群書寫，[51]可以從個人的族群控訴提煉出對自我與他者界限、邊界、霸權的公共思考。

曲〉、〈在我萬能的想像國〉等。

[50] 參陳麗娟，《新馬華文作家的國家論述（1965-2005）》，新加坡南洋理工大學中文系碩士論文，2008。

[51] 如黃錦樹的〈阿拉的旨意〉、黎紫書〈說故事者〉、〈國北邊陲〉及賀淑芳的〈別再提起〉。

四、結論

在文學公共領域所創造出來新的身分——「文學公民」，是一個集體的身分認同，也是公共文學社群的概念。它的認同想像有賴於前文所說的：對文學平等價值與自由維護的體認，才能避免私人感受基調優先於論述內容。彼此之間的「公民感」（社群感）乃以作品或論述為主要媒介，並以願意參與一種公開性的公共討論為意願。這種「公開性」的目的，是讓有意願及有能力的人來參與公共討論，遵守公共話語的理性價值（如不任意剝奪別人的發言權），如徐賁所指：「都來關心，都來批評，對公共生活發揮有效的影響」。[52]文學情感的表達，轉化成可以被認識的公共形式，無需國家與國籍的認證，同時也不一定要以喪失個人的體驗感或感受來作為交換條件，因為個人的主體感受也可以產生公眾聯繫，私人性與公共性實是關係密切。[53]我們或可以如此認為，馬華文學所開展的公共空間，是通過「參與」來確認它的公民身分，「集體」不是單數的存在，而是一個多元的群體，納入了「他者性」與「差異性」，所以允許複數的「小公眾」的存在。這樣才能確保在追尋文學的公共話語與價值之餘，實踐其公民性時，不重蹈覆轍，以「集

---

[52] 徐賁，《通往尊嚴的公共生活——全球正義與公民認同》（北京：新星出版社，2009），頁 4-5。

[53] 有關文學公共領域的討論，可參哈伯馬斯著，曹衛東、王曉玨、劉北城和宋偉傑合譯，《公共領域的結構轉型》（台北：聯經出版社，2005），頁 35-73。

體」來排斥「個人」，使「公民性」與「公共性」維護相同的一個原則：擁有自由表達的平等權利。

† 本文原發表於《澳門理工學院學報》17 卷第 3 期，2014 年 7 月。修訂於 2018 年 12 月。

我不在家國
——馬華文學公民身分建構的可能

「我自己的國家拒絕讓我這樣的人把那裡當作故鄉。」

——林玉玲《月白的臉——一位亞裔美國人的家園回憶錄》，頁363。

近年來，「移民—離散—流寓」的特質，使「國家」與「國籍」概念變得無關重要，又或更尖銳化，也間接衝撞作者的「家／國情懷」以及對「文學身分」與「文學屬性」的認定。「馬華文學」的流動與境外生產，使馬來西亞在地作家產生不少的緊張感，旅居境外的「馬華」作家的國籍問題，成為一些在地作家的指責要點。這促使我們不得不思考，作者的「公民身分」（citizenship）與「文學屬性」之間的關係。一旦作者脫離出生地的國籍以後，落籍於他國，是否註定會讓作品面對「離鄉失所」與不被承認的境況嗎？而身體遠離原鄉土地的作家，也將一併喪失對原鄉文學論述的發言權？「國籍」問題的干擾與困擾，尤其表現在「文學定位」與「文學的存在感」這兩方面。

本文試圖尋求一種新的思考方式，從「文學公民身分」（literary citizenship）的視角探索在跨國、離散的流動狀態中，如何開拓可游移於出生地與居住地之間，甚至是跨越不同國境的公民身分，並進一步思考在文學共同體中，是否可以尋求超越即定的「公民—國家」關係模式，開拓出不一樣基礎結構的文學公民身分，超越狹隘的國籍與地方觀念？

一、在他鄉與家鄉之間

著名華美作家哈金在《在他鄉寫作》一書，曾透露自身作為「移居作家」（migrant writer）身分的脆弱性，使用借來的語言（英語）在美國從事創作，不但必須承受背叛故國與母語的指控，還得面對「誰賦予你替我們發聲的權利了」的質問，甚至會被挑戰說：「你如果沒和我們一起受難，那麼你僅僅是利用我們的痛苦來為自己謀利。你在國外出賣自己的國家與人民。」[1]這似乎是離散作家普遍面對的難題。「在他鄉寫作」對原居地人民來說也可能是一項政治不正確的事，對故土的依戀最終受到質疑而轉化為一種錯

[1] 哈金，〈文學代言人及其部族〉，《在他鄉寫作》（台北：聯經出版社，2010），頁26。

愕的情感。「故鄉」與「他鄉」，必須找到一種適當的溝通方式，以能在一個寫作位置上，找到過去、現在與未來的聯繫。對於如何處理自身與「家鄉」、「家國」的關係，也是重新確立作家與作品身分屬性的方式。「家鄉」（homeland）這個詞的定義有兩層意思——一個是指故土，另一個是指家園，如哈金所說，這兩層涵義曾經很容易調和為「家」，標誌著「原居地」，因為過去與現在是不可分開的。然而在我們的時代，這兩層涵義往往造成內在的歧義，因此我們經常聽到「我的新家鄉」、「我的第二個家鄉」、「我移居的家鄉」的說法。「家」、「鄉」與「國」是三個獨立個體還是彼此聯繫的「命運共同體」，往往牽扯出千絲萬縷的複雜層面，導致文學作品的屬性與身分，隨著作家本身的自我認定，以及如何把握以上三者的關係，深深影響它的棲身命運。

馬華文學作家當中，不少已是移居他鄉／他國的寫作者。他們在台灣、香港、新加坡或美國等地讀書、教書、寫作，最後也成為哈金所說的「在他鄉寫作」的離散文學群體。他們或在寫作上如旅台馬華作家黃錦樹所說「開闢兩個戰場」，又或在故鄉與他鄉建立「兩條文學生產線」。他們在「他鄉」書寫「家鄉」、出版馬華文學讀本、參與「家鄉」的文學論述等，偶爾他們的作品也交由家鄉的出版社來出版。可是他們同樣得面對家鄉在地作家的質疑，例如以為旅居他國的作家在「他鄉」販賣「雨林書寫」的異國情調，把「家鄉」轉換成自己的文化資本，讓馬華文學在「他鄉」成為「新移民」。已故在地馬華作家陳雪風在一份名為《馬華文藝布羅閣》的文藝刊物，針對黃錦樹刊登於《南洋商報・南洋文藝》的「十年來馬華文學在台灣」[2]一文作出了以下的批評：

> 如果我們把在台的馬華僑生（其中有不少人改籍成為台灣公民）的文學作品當作馬華文學來看待，這是錯誤的，也是難以接受的。因為，馬來西亞僑生在台灣的文學創作與活動，是沒有理由被看成馬華文學的作品與作者。
>
> 如果有堅持把它視為馬華文學，那無異是明目張膽要沾人家的光，唾棄真正馬華文學。
>
> 講實際一點，我們期待的是在地的馬華文學的作品與作者的被認識與肯定，否則，更大的收獲與成就，都不能歸入馬華文學名下，並引以為榮。
>
> 馬華文學不能被流放，或去做新移民。馬華文學是植根於馬來西亞的土地上的文學，不是別的其他地區的文學。
>
> 請要警惕，馬華文學這個稱號，如果被拐離了馬來西亞的地域或華人的指涉，那麼，不論是被收編或被出賣，結果就是沒有馬華文學的主體與文本，屆時，才真是馬華文學的完蛋。一如黃錦樹等人曾經那樣想望。[3]

不勝繁瑣引了一大段文字，以更全面展示陳雪風對旅台文學／作家的看法：第一、在台馬華僑生的創作不應納入馬華文學範疇，不少作家後來已改籍為台灣公民。第二、不在馬來西亞土地上的文學都

[2] 黃錦樹，〈十年來馬華文學在台灣〉，《南洋商報・南洋文藝》，2009 年 9 月 1 日，D14 版。

[3] 陳雪風，〈我們要另有期待〉，《馬華文學布羅閣》第 14 期，2009 年 11 月 1 日，頁 2。

是被流放的文學，是他國文學的「新移民」。然而，文中所指的「僑生」是一個政治身分，自九〇年代起，大馬旅台同學會主辦的《大馬青年》對台灣僑生政策展開批評與反思，對僑生的身分認同以及自我主體身分等問題，累積了不少論述。在台灣留學的馬來西亞學生或旅居者的群體意識當中，已漸漸共識不再使用這個稱謂，它只是台灣人對「他者」的一種身分辨識方法而已。這種歷史時空錯置（displacement）的類似情形無處不在，猶如今日仍聽到不少人說「你們在南洋」，地理空間的差異，導致歷史時間意外延長，這也說明地理空間與周邊地方的聯結關係，將決定歷史知識如何被形塑，以及一套判別他者的方式。其次，對「新移民文學」的解讀，往往有兩極的看法，它究竟是一個消極的「輸出」抑或是可轉化為積極的「再輸入」情況，常胥視不同國家對新移民的觀念與態度。文中所提的文學移民觀念，是被認為是文學的輸出、一種流放的狀態，意謂著文學與其原生土地的關係已經斷裂。這樣的「土地」觀念，儼然是被賦予一個固定與恆久性，以及身體投入的「根源意義」，如我們一般所認知的「生於斯、長於斯、死於斯」的觀念，而非流動可任意變動的「選擇意義」。[4]而作家「改籍」為「台灣公民」，亦喪失與原生土地的關係，不植根於馬來西亞的文學不適合被稱為「馬華文學」。陳雪風在意的，是他後來所說：「在台馬華文學」不能當作馬華文學的主體來論述，「在地」才是主體，要

[4] Tim Cresswell 著、徐苔玲、王志弘譯，《地方：記憶、想像與認同》（台北：群學出版社，2004），頁 65。

防止馬華文學被收編或出賣。

陳雪風在世前，曾是多項馬華文學爭論的辯論者，對於自身的文學觀有堅韌的執著與貫徹。他所堅持的在地性（locality）觀點，可視為一種在地發聲，也須給予尊重。只是在世界秩序急遽改變的年代，人與事物頻繁跨國、流動，作家如何看待自我的身分位置，包括文學身分或政治身分，對家國的想像、對土地與原鄉情結，早已改變原來的思考與提問方式，本文不旨在解決陳雪風與黃錦樹長期以來的文學論爭，而是希望從尖銳的分歧觀點中找到重新審視馬華文學公共論述的著力點，尋求一套理解與判斷問題的認知方式。究竟影響我們時下對「國籍」與「文學身分」、「空間」與「身分」之間認知的基準是什麼？一種本質化的地方建構、土地觀念，形成具有某種排他特徵的界限，到底又是如何形成的？最後冀引入文學公民身分的視野與思考，探討如何可以改變我們對家／國的提問與界定方式，並以文學公民身分超越狹隘與封閉的地方觀念。在現今人頻密移動與國家邊界日益模糊的跨境時代，以上的問題或不僅存在於馬華社會，但藉由馬華文學所面對的問題，或可提供一個有關文學公共領域的討論視野。

二、國籍、護照與回鄉

黃錦樹曾針對馬華文學身分問題提出「無國籍文學」概念，以解決「在台馬華文學」面對在台灣與馬華社會的困頓狀態，並認為馬華文學在意識上只有持續流放，永繼流亡，它永遠找不到可以自我安頓的「家」。黃錦樹看見了台灣文學與馬華文學有著相同的命運，它們同樣是「徹底政治的」，同時也受到國族與民族靈魂的糾葛。台灣文學如何能彰顯完整的國家主權觀念，如何取得它的國籍身分，是台灣文學史建構的核心問題。可是有國籍不代表可以掌握主權，黃錦樹從馬華文學處境認識到現實狀態，體悟台灣文學要解放自我，也有必要宣示自己是無國籍文學，讓馬華文學與台灣文學相濡以沫。[5]但護照、國籍與家的想像，三者並不全然等同。旅居美國多年的作家林玉玲（Shirley Geok-lin Lim）有一部詩集取名為《護照詩》，她在二〇〇八年秋天客座於高雄中山大學，接受張錦忠的訪問時說：

> 這卷《護照詩》聚焦於「護照」一詞。我們持護照從此地渡到彼地。集中每一首詩都呈現在地化情境，詩中的觀察、象喻，詩的源頭那個感官世界，都有其特殊性。不過詩中說話的主體則是一個自由浮動、充滿焦慮、無法在地化的二十世紀主體。此主體是個不斷旅行、遊蕩的人，不斷往外看，當然，往外看即向內觀。此主體絕無定性。因此在「在地」與「無處」之間，在「當地」與「全球」之間，不是矛盾，而是辯證。[6]

---

[5] 黃錦樹，〈無國籍華文文學——在台馬華文學的史前史，或台灣文學史上的非台灣文學：一個文學史的比較綱領〉，收錄於張錦忠、黃錦樹主編，《重寫台灣文學史》（台北：麥田出版社，2007），頁 123-160。

[6] 張錦忠，〈在秋蟬中與林玉玲談詩及其他〉，《星洲日報・文藝春秋》，2009 年 5 月 3 日。

「主體無定性」的描述，是離散身分的寫真。「離散」（diaspora）最原始的意義起源於猶太與非洲人「被迫遷離」（離家）而無法「返鄉」（歸鄉）的經驗。但「離散」的定義並非僵滯不變，因移民與跨國的興起，離散的意義擴大至移居與族群的概念，具有許多不同層面的解說。例如張錦忠從移民歷史角度指說，馬來西亞華人是「離散華人」的後代，其後代也還是離散華人，同時把林玉玲、楊際光、白垚等多位在一九六九年去國離家的馬華作家，喻為「再離散」。[7]李有成也認為許多地區的華文文學充滿了離散感性，認為「離散作為一種網絡是很重要的體認」。[8]馬六甲出生的林玉玲，身為峇峇人，長期在英語背景中成長，對自身的「華人」身分也有不少的困惑，對中文存在隱約的抗拒，不斷尋找「與自己華人身分和解」的方式。林玉玲是在一九六九年「五一三」種族衝突事件後離開家鄉到美國求學，歷經四十多年的時間，仍不斷尋求證明自己的身分，在「華裔馬來西亞人」和「亞裔美國人」之間找尋平衡。新舊身分的拉鋸與張力，漸循構成不斷游離又不斷回歸的生命基調。例如她在另一個訪談中陳述：「我了解到將與馬來西亞相連，因為在那裡有我的兄弟、姪子姪女，而且我會常回去拜訪他們，所以有一部分的我永遠留在那裡，但是同時還有一

---

[7] 張錦忠，〈「我要回家」：後離散在台馬華文學——黃明志、廖宏強與原鄉書寫〉，國立中山大學人文社會科學研究中心主辦「國家與族群」國際研討會會議論文，2008 年 11 月 8-9 日。

[8] 李有成，〈緒論〉《離散》（台北：允晨文化出版社，2013），頁 16。

部分的我在這裡。」[9]無論是「此地」或「彼地」，「這裡」或「那裡」都有作者不能割捨的情感，不能單獨存在，形成其浮動、焦慮與無法在地化的特徵；而另一方面，在情感上，它們是互為依存，互為主體。林玉玲頻繁的「回去」原來的故鄉／家鄉的馬六甲，或視為另一個家的新加坡，便是有意識讓作品屬性不斷與兩個不同形式的「家」發生關係。對她而言，她的作品就是她的護照，她的作品屬性就是她的國籍。

與林玉玲同屬一個世代的旅台作家李永平，對「護照」的觀念有著迥然不同的看法。出生與成長於婆羅洲的李永平，在後殖民時期依然無法脫離殖民地時期經歷的童年成長記憶，到了台灣以後開始追求中國文字的純淨世界，極少書寫馬來西亞。對馬來西亞種族政策不滿，使他無論在政治或文化認同上，都覺得與「馬來西亞」或「馬來半島」有格格不入之感：

> 我不喜歡馬來西亞，那是大英帝國，夥同馬來半島的政客炮製出來的一個國家，目的就是為了對抗印尼，念高中的時候，我莫名其妙從大英帝國的子民，變成馬來西亞的公民，心裡很不好受，很多怨憤。所以我特地從台北飛亞庇，繞了一圈，當時這航線一週才一次。[10]
>
> 我這輩子沒有接近過馬來西亞，沒寫過馬來半島，只

[9] 林玉玲，《月白的臉》附錄〈林玉玲訪談錄〉（台北：麥田出版社，2001），頁 378。

[10] 施慧敏、伍燕翎訪李永平，《問答集——李永平訪談錄》，2008 年 11 月 25 日。

> 寫婆羅洲，對其他人來說，也許很難理解，在身分認同上，你們從小就認定是馬來西亞人，我卻在大英帝國殖民地長大，拿英國護照，後來成立馬來西亞了，我需要一個身分，才拿馬來西亞護照，可是心裡沒辦法當自己是公民，因為我不知道這個國家怎樣冒出來的，到現在還在疑惑，所以離開後就沒有再回去，尤其婆羅洲已經變成馬來西亞聯邦的一個州了。[11]

對李永平來說，「護照」是一種強制性的政治身分，一種形式意義上的公民身分。他在主觀意識上曾說：「我不太願意承認我是馬來西亞人，因為我根本不承認馬來西亞這個國家」，卻始終認為「人啊，還是要落葉歸根，我的根在婆羅洲這塊土地上。」[12]婆羅洲是他所不承認的國家的一個州屬，但那裡是他的「原鄉」，是他的根。李永平對婆羅洲強烈的認同，說明了對於一九六三年成立的「馬來西亞」，西馬人與東馬人具有不一樣的體認與情感，關鍵在於東西馬本來就擁有不一樣的歷史文化發展與進程，卻在一九六三年九月十六日合併成為一個國家，在這之後，兩地人民的溝通與理解仍十分不足。李永平的話告訴我們，標誌著國籍身分的護照與國家認同不必然有直接的聯繫，換言之，隸屬於國家疆域的「公民身分」與「公民意識（情感）」也不必然劃上等號。護照的更換，自

---

[11] 施慧敏、伍燕翎訪李永平，《問答集──李永平訪談錄》，2008 年 11 月 25 日。

[12] 詹閔旭採訪撰文，〈大河的旅程，李永平談小說〉，《印刻文學生活誌》六月號 2008，頁 175。

然也不代表文學身分的更換。李永平至今只書寫婆羅洲，特別是近兩年出版的婆羅洲書寫之《大河盡頭（上卷：溯流）》及《大河盡頭（下卷：山）》，通過整理自己的婆羅洲經驗，想要在寫作上「回歸」鄉土，通過文字「回去」最原始的家鄉，如他所說：「到了現在都快六十歲才決定在寫作上回到我的原鄉。」[13]

在最初希臘語言中，「回歸」具有「懷舊」（nostalgia）的意涵。不過在現代社會情境底下，回歸不再必須以身體力行為條件，「而是一個怎樣看待我們的過去，是否接受過去為自己的一部分的問題」，[14]唯有接受（承認）那一段過去的歷史經驗，才能真正完成回去的儀式，在精神上抵達家鄉。「回歸」故土後，才能進一步「回去」家鄉。李永平精神上的「家鄉」是婆羅洲而非馬來西亞，另一個身體上的家鄉卻是台北，這也應和了哈金所說，家是移民可以遠離故土而建的，建築家園的地方才是家鄉，書寫婆羅洲，可以說是李永平找到一種和過去握手的方式。

但須加以說明的是，「回歸」或「回去」不一定與「認同」有直接的關係，黃錦樹曾指說「雙鄉」（在台／在馬）可以是「資源而不是認同或忠誠的選項」。如前所言，某些作家在寫作上「開闢兩個戰場」，同時進行「馬華經驗」與「台灣經驗」的書寫，開拓馬華文學的「兩條生產線」，更多是一個書寫策略勝於認同的問題。不過黃錦樹也意識到「寫作的兩屬」（台灣／馬華）也可能是

---

[13] 同上注，頁 180。

[14] 哈金，〈一個人的家族〉，《在他鄉寫作》，頁 119。

「兩不屬」，兩地都有各自的「地方主義的本土派」。[15]黃錦樹一九八六年到台灣讀書，博士畢業之後棲身於大學，除了朱天心所說「右手寫小說，左手寫小說批評」以外，還有另一隻手則寫文學論述。在馬華文壇，他在九〇年代末提出中國性與斷奶的批判，揭露了馬華寫作（者）的道德、精神與美學困境，爾後被喻為「壞孩子」，[16]在馬華文壇被冠上「燒芭者」的名號。另一方面，在台灣文壇，他積極介入批評台灣去中國化的文學論述，以致被視為是「外省第二代的文學打手」。這一些都是以上所說「兩不屬」的關鍵原因。

三、地方、空間與身分

究竟「地方主義本土派」具有怎樣的特徵？「地方」（place）可以是單數或複數的意義，對本土作家或在地作家而言，「地方」作為作家「生活空間」裡文學實踐的必要脈絡，它其實具有排斥「感知空間」的有效性——一種經由過去經驗構想與想像基礎所建立的地方聯繫，並在「生活、實踐與居住空間」基礎上建立起「文學地方政治」的合理性與正當性，排斥通過「記憶與想像」

[15] 黃錦樹，〈與駱以軍對談〉《土與火》（台北：麥田出版社，2005），頁317。

[16] 張錦忠，〈散文與哀悼〉，黃錦樹《焚燒・序》（台北：麥田出版社，2007），頁 4。又見王德威，〈壞孩子黃錦樹：黃錦樹的馬華論述與敘述〉，《跨世紀風華：當代小說 20 家》（台北：麥田出版社，2002），頁 417。

來建立認同的文學場址，[17]這樣便漸漸形成一種狹隘性的「地方主義」觀念。可是對某些居於他鄉的作家來說，「地方」不一定只是一個地理場景，它也具有國家聯繫的意義。我們輕易可觀察出，每一位離散作家都有一個心目中的「地方依戀」，例如李永平和張貴興的婆羅洲、林玉玲的馬六甲、陳團英（Tan TwanEng）的檳城等，如以下林玉玲說道：

> 許多偉大詩人在他們的寫作生命中都有一些孜孜以求的重要主題，我也有一些從早年開始即著迷的主題，其中一個是對「地方」的認同感，不管這個地方是否地理場景。例如我一再重覆書寫馬六甲。我的故鄉馬六甲，我出生的地方。「地方」的另一意義是國家，那是社會政治層面也是感情層面的意義。我的詩處處都呈現我和原鄉關係的主題。我在一九六九年離開馬來西亞，三十多年後，儘管我經常返鄉，我和其他地方別的國家的關係層層重疊。我想我的詩總是一再重覆書寫這種進行中的認同感，以及我和不同社群不同地方的種種關係。[18]

林玉玲所認知的「地方」不是一個封閉的概念，她是「將地方理解為與世界之間的具體關係，地方是由行事的人建構出來

---

[17] Tim Cresswell 著，徐苔玲、王志弘譯，《地方：記憶、想像與認同》，頁65。

[18] 張錦忠，〈在秋蟬中與林玉玲談詩及其他〉，《星洲日報・文藝春秋》，2009年5月3日。

的」。[19]從這角度而言，地方不是一個「完成義」而是一個「不斷發展」的意義。地方除了具有「國家」的意涵，它也是「家」的指稱。「家」不是具體的內容，不是固定在同一個地方，如她所言：「家通常是指我們創建的一個地方」[20]、「家就是我們把故事說出來的地方」。[21]換言之，「家」作為一個情感認同的空間，是一個需要經由詮釋與認定的文化意涵。洪美恩（Ien Ang）在一場演講中也曾指出，「家」作為一個建構的空間概念，是和政治、歷史與文化等因素有緊密關係。「家」所形成的範圍，和人們詰問「我是誰、我們從哪裡來以及應該往哪裡去」有直接關係。一個人對一個地方擁有家的感覺，是依賴不同的空間條件所形成，或更貼切說，是被形構或創造。不過當「地方」被形構成為「地方主義」，對地方的詮釋具有排外行為的社會建構時，地方的認同開始劃分「我們」與「他們」，或訴諸於國族主義的力量，則將加強地方觀念的封閉性。

無論是「在台馬來西亞僑生文學」、「在台馬華文學」或「旅美／英文學」，有許多的故事，如張錦忠所說「是作為後離散『在台馬華文學』所抵抗種族政治的原鄉書寫」，[22]離散在外的寫作

---

[19] Tim Cresswell 著，徐苔玲、王志弘譯，《地方：記憶、想像與認同》，頁64。

[20] 林玉玲，〈林玉玲訪談錄〉《月白的臉》，頁 382。

[21] 林玉玲，《月白的臉》，頁 365。

[22] 張錦忠，〈「我要回家」：後離散在台馬華文學——黃明志、廖宏強與原鄉書寫〉，國立中山大學人文社會科學研究中心主辦「國家與族群」國際研討

人，以「我不在家國，我又在家國」的實踐方式來進行「文學介入行動」。倘若「地方」作為一個複雜與多元的空間形式，最終只化為一本護照中的記號，文學作品也只能被硬性囚禁在有限的文學世界，難免會扼殺馬華文學發展的生機。

四、超越地方的「文學公民」

以往談「公民身分」（citizenship），一般是維繫於特定的政治權力與政治參與，「選民」形象與資格是現代公民觀念最典型的標誌。例如古希臘時期的「公民身分」概念，建立在「城邦－國家」（city-state）基礎上，它原指人人具有的平等權利與義務；公民與非公民的區別，就在於對這些權利與義務內涵的「接受」或「拒絕」。T.H Marshall 曾把公民身分最初的權利範圍大致分為三種：公民權利（人身權——個人安全和財產、思想、信仰與結社自由）、政治權利（公職的選舉和代表權）與社會權利（受教育和享受福利的權利），而這種劃分進一步延伸至文化權利，即公民的文化參與權這部分。然隨著「民族－國家」（nation-state）的興起以及全球化時代的來臨，全球跨國與流動人口的頻密，國與國疆界之間的變化，不但使國籍問題或走向雙國籍或多國籍，[23]也進一步改變人們對公民的定義與思考，不少富啟發性的說法相繼出現。公民身分趨

會會議論文。

[23] Linda Bosniak, *The Citizen and The Alien: Dilemmas of Contemporary Membership*, New Jerssey : Princeton University Press, 2008, p.32.

向多元化，拓展出雙重或多元的公民身分（dual or multiple citizenship），進入一個「新公民運動」的時代，各種不同的權利訴求愈加多元，例如「全球公民身分」（global citizenship）、「世界公民身分」（world citizenship）、「跨國公民身分」（transnational citizenship）、「文化公民身分」（cultural citizenship）、「多元文化公民身分」（multicultural citizenship）或「性別公民身分」（gendered citizenship）等不同的公民身分形態。[24]

「公民」已被詮釋為變動性的概念，主要有三點：（一）它允許對「公民身分」概念詮釋的發展；（二）它允許一種革命或漸進式的變化；（三）它是一個在不斷完成的過程中，處在沒有終點的「進行式」當中。[25]例如王愛華（Aihwa Ong）認為所謂的「護照」已非是對民族國家表示的忠誠象徵，公民身分的意義已大為減弱，反之，它意指勞工市場的參與度，全球化的經濟市場使政治所形成的邊界變得毫無意義。[26]王愛華提出「靈活的公民身分」（flexible citizenship），這個概念強調「流動的資本」（包括人力、技術或知識等），如何打破福柯（Michel Foucault）所指出「護照」的「生物政治」特質的限制，認為護照僅限於透露個人的居所、旅

---

[24] 相關討論，請參魏月萍，〈誰在乎文學公民權？馬華文學政治身分的論述策略〉。

[25] John Hoffman, *Citizenship Beyond the state*, “Introduction”, London: SAGE publications, 2004, p.13.

[26] Aihwa Ong, *Flexible Citizenship : The Cultural Logics of Transnationality*, United States: Duke University Press, 1999, pp.2-3.

行與歸屬。[27]這些具有靈活性的公民，是跨國資本的流動媒介，他們把國家工具化，不必然與國家的權力一致，如果國家無法保障其個人自由，或個人自由無需國家保障，個人可以選擇棄之，因為公民權利是與個人自由、形成共同責任的聯繫。

在討論公民身分問題當中，鮮少有觸及「文學公民」的議題，導致一些根本性問題難以確立。例如，文學公民身分如何確立？誰來擬定其規則？它的責任範疇是什麼？是否如探討現代公民概念般，它有須履行的責任與義務？文學共同體如何建立？在這共同體裡文學公民被保障的東西又是什麼？以上的問題恰好涉及了文學公民身分構成的條件、條規與保障等方面，雖然目前它只具有複雜又模糊的意義界限，但正好提供一個釐清的契機。我曾經在另一篇論文〈誰在乎文學公民權？馬華文學政治身分的論述策略〉中提出「文學公民（身分）」的概念，如下：

> 「文學公民身分」，以各種不同的文學議題作為主要的共同體，除了強調人們在書寫與創作的多元參與享有自主與自由的權利，也注重於文學資源的平等分配。在書寫者與作品流動情況底下，它的公民屬性並非隸屬於任何一本護照，抑或某一個單一民族的國家，而能在原鄉與居住地之間仍保有以文學為發言權的一種權利。這賦予它遊移

---

[27] Aihwa Ong, "Flexible Citizenship", Pheng Cheah and Bruce Robbins edited, *Cosmopolitics : Thinking and Feeling beyond the nation*, US: University of Minnesota, 1998, pp. 142-143.

的特質，可以穿越在不同的文學共同體之間。[28]

這是初步嘗試對文學公民身分作出詮釋與界限。學者在界定不同身分的公民意義，試圖超越政治、民族國家、個人等，這導致再定義的準則一般是依據於特定的邏輯和準則，並具有較普遍的意義。[29]首先，文學公民指的是在「創作與書寫」的認知範疇建立一種「創作秩序」，並以多元與自由為其最高原則。這原則能保障創作者在維護文學共同利益的主觀意願底下，在變動不居的客觀環境中，仍然守護著自由創作的最高理念，爭取平等的文學權利（資源或發言）的責任意識，形成具相同理念的文學共同體（或可稱文學自主國）。因此，凡期許創作突破狹窄的族群觀與虛幻的國家觀，走向公民社會裡公民多元主義的創作者，可經由作品取得文學公民的憑證。它打破國家與根的觀念，不受邊界的限制，可以選擇在不同的文學共同體發聲，這奠定了它具有「可游移性」的特質，可以擺脫地方給予身分的干擾，並賦予其文學發言的權利。

不過「游移」的特質首先得面對的嚴峻考驗是：如何回答對「資本」條件的拷問。以旅居在台灣或美國的馬華作家而言，有不少是位居大學的教授，具有理論資源、經濟基礎以及較豐厚的人脈網絡。相對在地的社會文化環境面對的匱乏，導致二者出現「失衡的資本」的情形，資本上的落差，相對影響遊移的機會，最後儼然形成了地方主義與世界主義的對比。不過這樣一種差距不需要被過

---

[28] 同注 24。

[29] Linda Bosniak, *The Citizen and The Alien: Dilemmas of Contemporary Membership*, New Jersey : Princeton University Press, 2008, p.24.

度強調，因為世界主義雖然是一個超越國家界限的概念，但地方主義背後的認同對象不一定是屬於國家。

文學公民身分的確立，是經由文學公共空間而確立的，因為「文學公民」是一個文學公共身分的認定。在這個公共空間，人們因為對文學的聯繫與承諾而凝聚認同感，並享有一定的公共權利，針對與文學相關的種種問題提出意見與看法。其「公民性」的彰顯，在於它可以履行文學公共義務的實踐，即文學的創作自由、作家的創作權以及評論者的批評權。創作可以是個人的、私密的，但作品需要面對大眾，它有一定的公眾讀者或賴以對話的群體。所以文學公民身分在超越國家、個人、語言之餘，它其實是一個通往文學公民社會的途徑。在這樣的文學公民社會裡，作家、作品、評論者和專業讀者，都得以投入到文學公共社群，建立可以連帶及對話的開放空間，彼此學習如何建立公共話語的理性價值。狹義而言，文學公民身分賦予個體文學發言權，提供在原鄉與居住地之間的文學論述、話語與行動紐帶；廣義而言，它建立一個超越國境並具共生關係的文學圈，以文學公共理念為彼此的聯繫與媒介，這樣的一種理想形態最貼近香港作家董啟章所陳述的理念——文學需要有超越自我的準備，重建自己和世界的關係，因為文學既是一個人的事，也是所有人的事。

五、結論

馬華文學長期以來不只糾葛在政治、語言或文學屬性等問題上，對於不同文學群體的思考，缺乏深層的理解基礎，以致掀起的文學討論最終總是回到個人層面，甚至是意氣之爭，難以把一些議題導向文學公共議題的領域，共同爭取作為創作者或作家的權利。正因為有著較強的我們／他們的區別觀念，在尋找馬華文學身分的正當性時，便有了「有國籍」與「無國籍」尖銳的對立，雙方各執一面。文學公民身分的提出，或仍是一個理想的初步構想，它所論及的「公民」意義已非傳統定義——隸屬於民族國家的政治社群，反之，它是以文學共同體作為公民性的實踐空間，以文學的訴求貫徹對文學的信念、價值與權利，找到一個可以超越國家與地方的發言權利。對於許多作家來說，作家或作品的政治身分或不是他們首要關心的，像李永平寧可別人視他的作品為「世界文學」而非「馬華文學」或「台灣文學」，黎紫書也不在乎自己是否被視為「馬華作家」，他們在意的是如何通過作品來表達他們的思想意識、情感或美學思考。在家國的思考上，「家」的意義往往比「國」來得開放與豐富；「家」是一個創造修辭，而「國」是一個既定概念。至於所創作的文學是否獲得國家的承認，那已是後話了。誠如以下這段話，或是大多數作家心裡所認可與期待的一段話。

大多數寫過有分量作品的移民作家，其命運是被一個以上的國家承認，因為他們存在於國與國之間的空間，那裡是不同語言和文化交織並互相滲透的地帶。在這個邊緣地區出現的任何有價值的作品極可能會被一個以上的國家認可，用來提高該國的軟實力。[30]

---

[30] 哈金，〈為外語腔辯護〉，《在他鄉寫作》，頁 153。

† 本文原發表於《思想》第 26 期，2014 年。

歷史正義的負荷
——馬華文學公民實踐的公共論

一、歷史夾縫間的真實與虛構

「把真正訴求，追求社會理想行動的歷史寫出來。」

「事件是檢驗的唯一標準，是總結歷史經驗而非為個人貢獻。要釐清歷史事實，事件為主要檢驗真理的標準。」

這是在二〇一二年十二月二十九日，北加里曼丹共產黨中央第一分局副書記、北加里曼丹人民游擊隊司令黃紀曉，在新加坡藝術之家舉行砂共歷史著作新書推介禮上所說的話。[1]在發言當中，他

[1] 當時舉行新書推介的兩本書是《砂拉越共產主義運動歷史對話》以及黃紀曉回憶錄《烈焰中追夢：砂拉越革命的一段歷程》。

批評了官方以意識形態為歷史定位的判準，把「砂共」[2]看作破壞社會的惡勢力，等同於「共匪」和「暴徒」，呼籲要還予人民正義，給予當初投入爭取公平社會運動，具有社會主義理想的年輕人公平的歷史對待。同時質問如何建立歷史標準、寫歷史要以何為根源，以及如何彰顯歷史精神等問題。左翼研究者陳劍先生在推介禮也提及二〇〇八年在澳洲和眾學者共同專訪馬共總書記陳平（1924-2013），目的在於：（1）補歷史空白；（2）當事人的歷史敘述；（3）體制外的歷史書寫；（4）實事求是公正的論述。[3]從二〇〇三年開始至今，不僅是砂共，馬共及左翼分子都出版了大量歷史書寫、回憶錄或文獻資料編著等，重返及還原當時的歷史現場，求索歷史正義的平反。[4]而在歷史的另一面，以馬共為創作題

---

[2]「砂共」雖統稱「砂拉越共產黨」，按潘婉明研究所得，砂共「事實上並未這樣自我命名。一九六〇年代在砂拉越很活躍的共產勢力，其起源、成立、領導權等問題，向有爭論。一般可考的正式組織，有『砂拉越解放同盟』（簡稱「砂盟」）和『北加里曼丹共產黨』（簡稱『北加共』）等，卻沒有『砂共』」，「砂共」是反對一九六三年「馬來西亞計畫」最主要的力量。參〈馬共・砂共・北加共〉，《東方日報》，「龍門陣」專欄版，2012 年 12 月 26 日。

[3] 這是馬共研究者陳劍在二〇一二年十二月廿九日《砂拉越革命歷史》講座上的發言，為筆者所記錄。

[4] 有學者認為這些回憶錄及訪談，具有“set the record straight”——「以正視聽」的用意。*Freedom News : The Untold Story of the Communist Underground Publication*, NTU: S. Rajanatnam School of International Studies, p.5.有關馬共的主要回憶錄與專訪著作，如《我方的歷史》、《與陳平對話——馬來亞共產黨新解》、《方壯壁回憶錄》、《我的半世紀：張佐回憶錄》；馬來馬共的回憶錄

材的小說，累積頗為豐碩，無論是馬共本身的創作抑或以馬共為創作題材，都彰顯文學與社會、大歷史的交會。[5]

目前有關馬共的歷史書寫成果較為關注在事件史（戰役史）、個人回憶以及黨史的整理與記錄，對於如何判斷歷史，歷史的思維方式則較少被討論。隱晦及幽暗的歷史正義意識，受到不同的歷史觀、正義觀，甚至是政治與族群觀念的影響，往往折射出對於歷史正義（historical justice）追求的不同形態。歷史正義涉及如何評價歷史的問題，對集權統治所掌控的歷史進行再梳理與詮釋、發掘真相，藉以凝聚社會的集體記憶，重建政治認同，[6]其中牽涉公正（just）、平等（equality）和合法（legitimate）之間的錯綜關係。所謂的「正義」它不僅是屬於弱者捍衛自身權利的重要武器，也是當權者或宗教狂熱主義者行使暴力的重要工具，它的兩面性所帶來的幸福感與殘酷感，有必要重新叩問與思考有關歷史正義的「正面」與「反面」，追問革命歷史所要「承受的重量」，以及對正義世界的想像與建構等問題，以能進一步窺探馬華公共論述的歷史正義究竟具有怎樣的思考向度，又能提供怎樣的歷史反思資源？

如《馬共主席阿都拉‧西‧迪回憶錄》（上、中、下三冊）、《應敏欽回憶錄》等。

[5] 「馬共文學」至今已累積頗為豐富的作品，足以成為馬華文學一個重要的題材類型。金枝芒的《饑餓》、《抗英戰爭小說選》、賀巾的《巨浪》、《流亡》、海凡《雨林告訴你》、《可口的饑餓》、駱鈴《硝煙散盡時》、小黑《白水黑山》、黎紫書〈夜行〉、〈山瘟〉、〈州府紀略〉、〈七日遺食〉以及黃錦樹《南洋人民共和國備忘錄》、《猶見扶餘》、《魚》等。

[6] Ruti G. Teitel, *Transitional Justice*, New York : Oxford University Press, 2000.

一九五〇、一九六〇年代的新馬社會，處在反殖、反帝與尋求獨立的重要階段，各種思潮與意識形態互相衝撞，紛紛尋找心目中理想的新國家與社會秩序。民族主義、社會主義、共產主義以及馬來亞意識等，構成各不同群體的思想認同。這些思潮相互交融與衝撞後，漸序影響馬來亞與新加坡的建國思想意識。馬來西亞民間學者孫和聲在一九八〇年代〈也談建國的理想〉一文中，曾提及建國理想原則之一是「歷史性延續或歷史基礎」。馬來西亞是一個擁有多元族群的國家，種族之間各會受主觀價值判斷的影響，因此需要有一種「正義世界」（Just world）的主觀價值，使客觀的情形能調適於本身所固有的正義世界。不過也因為有這樣的正義世界，人的思、言、行動等不可避免受到正義價值觀所制約。[7]由此可知，對新馬左翼（或馬共）歷史的忽視，對於正義世界與價值的不同想像與建構，將影響我們對新馬當代歷史的認識與判斷，因此有必要重新挖掘被官方敘事或書寫權力遮蔽底下的歷史敘述。歷史禁忌的解放，是測量一個國家民主化所賦予社會自由重要的一環。尤其是過去隱密的資料，例如馬共的黨記錄、戰役策略、報紙資料文獻等如何逐漸向「公眾開放」（public release），[8]不受限於學術研究與討論，而是允許公開討論，才能回歸民主對個人自由意志實踐的尊

---

[7] 孫和聲，〈也談建國的理想〉，張景雲主編《當代馬華文存（政治篇）》（吉隆坡：馬來西亞華人文化協會，2001），頁99-100。

[8] 例如在一九六〇年代出版的地下報紙《自由報》——*Freedom News：The Untold Story of the Communist Underground Publication*, NTU：S. Rajanatnam School of International Studies, 2008。

重，讓被權力截斷的歷史回到「公共」的場域。

本文試圖經由馬華旅台小說家黃錦樹在二〇一三年十月出版的小說集——《南洋人民共和國備忘錄》，所勾勒出對馬共及革命歷史問題的回應線索為問題基礎，探索小說提供對歷史正義「反思考」的資源。該小說在全書題旨點明有別於「官方右翼歷史的虛偽」以及「企圖呈現的都是馬共黨人及其親人的真實樣態」；從小說創作性而言，展露通過小說的「虛構性」來「顛覆歷史」的意旨。實際上，小說是一種文字與思想行動（literary act），[9]這樣一種試圖翻轉歷史來留住歷史記憶方式，遊走在真實與虛構之間，不僅挑戰讀者對歷史事實的把握，一有不慎即掉入在情節迷宮，尤其是小說中一些主要人物，與現實社會的真實身分立場對調。[10]另一方面，又通過小說人物拷問革命烏托邦、為何以及為誰而戰等問題。文學與歷史的張力，構成某種推拉關係，二者的緊張感與巨大的張力，迫使人們直面更交織複雜的內在精神與心靈層次。本文不

---

[9] 小說家在說故事的慾望中，建立了一條可指認的通道，遊移在現實與非現實之間，一如米樂（J.Hillis Miller）所說「說故事是以文字做事的一種方式」，見米樂（J.Hillis Miller）著、單德興譯，《跨越邊界——翻譯‧文學‧批評》（台北：書林，1995），頁79。不少小說家在有意識與無意識之間，用一種曲折或修辭的語言來回應現實政治及歷史問題，通過文字書寫建立一種「公語言」的敘事模式。

[10] 例如把馬共頭子陳平派去莫斯科當大使、新加坡社陣領袖林清祥當共和國的勞動部長、馬來馬共領袖阿都拉‧西迪當內政部長，而為華教奮鬥的林連玉則當教育部長。小說家具有讓各種身分進行顛倒、移位的權力，把現實人物虛構化。

從歷史研究的途徑入手，反之經由文學研究途徑，追問小說對馬共歷史平反的看法、小說中有關歷史正義的「正面」與「反面」、革命歷史所要「承受的重量」，以及對正義世界的想像與建構等思考線索，進一步窺探馬華公共論述的歷史正義究竟具有怎樣的思考向度，又能提供怎樣的歷史反思資源？經由此，盼可勾勒出近年來馬來西亞華文知識界在討論歷史正義問題的困境與制約。文學的歷史意識，雖然和一般歷史研究與歷史敘述，或構成某種強大的張力，但文學思想透露對歷史質疑的批評力量，更能折射出歷史中隱晦、幽暗以及難以言說的部分，展現文學公民實踐，投入公共論述場域的姿態。

二、馬華歷史正義論述的幾個側面

所謂的「正義」（justice）和「歷史正義」（historical justice），二者雖然相互關聯，但並非是直接等同的概念。西方在討論正義的觀念時，一般會以「正義即公平」[11]為其主要內涵與標準，這便與歷史正義訴求所要求的公正、平等產生密切關係。換言之，無論是論正義或歷史正義，必須觀照其中對平等持有的標準與實踐。柏拉圖在《理想國》曾提出兩種平等觀：「一對一平等」（numeric

---

[11] 鄔昆如，〈柏拉圖《理想國》的「正義」概念及其現代意義〉，戴華、鄭曉時，《正義及其相關問題》（南港：中央研究院，2000），頁 12-13。詳論可參 John Rawls, "Justice as Fairness（1958）", edited by Samuel Freeman, *Collected Papers of John Rawls*, Cambridge: Harvard University Press, 1999. pp.47-72.

equality）以及「比例性平等」（proportional equality），而他所認同的是「各司其職」的觀念，認為在該份上應該獲得多少，擁有多少，才是「平等」，也才符合「正義」。哲學研究者李晨陽曾經說明所謂一對一平等是不加選擇地平等待人，不考慮個人具體情況的平等。例如，在全國人口普查中，每個人被看作一個個體，不多也不少。比例性平等是對相關方面不同的人，按照同樣的尺度做出相應的而又有區別的對待。在亞里士多德那裡，這即是「各得其所」（to each according to his desert）的原則。例如，在一個實行計件工資的工廠裡，每個工人的報酬取決於他或她所生產的產品的數量（與質量）。如果某甲的產量是某乙的兩倍，那麼某甲的工資就會是某乙的兩倍。[12]把類似的平等觀，置於馬華多元族群脈絡，是否能按其「各職其司」的理念來獲取「正義」，實面對諸多嚴峻的考驗。

（i）消音與噤聲歷史的平反

在馬華社會，社會正義、人權正義及歷史正義等向來是華人社會面對強勢政治提出的重要訴求。在這當中，爭取歷史正義的行動最為顯著。華社追求歷史正義，不只是試圖「重寫」或「重建」邊緣歷史（被壓迫的歷史），抗衡國家以暴力對待歷史的「非正義」行為，以此反撥掌握歷史詮釋權力的官方歷史。它也包括「真相追

---

[12] 李晨陽，〈論儒家思想中的平等與不平等觀念〉，魏月萍、朴素晶主編，《東南亞與東北亞儒家思想的建構與實踐》（新加坡：八方文化創作室，2016），頁 207-208。

尋」、「族群承認」以及「國民和解」（national reconciliation）的目的，而這其中如何釋放被壓抑與噤聲的歷史記憶，建立具各族群共識的「共用歷史」（shared history）便至關重要。以馬來西亞在一九六九年發生的種族衝突事件為例，這個史稱「五一三事件」的歷史禁忌，歷經了近五十年之久，依然是潘朵拉盒子裡的秘密，衝突的真相是公開討論的禁忌。究竟暴動和衝突的主要原因是什麼？事情發生始末如何？攻擊者大多數是馬來人？死傷者多是華人？到底傷亡人數是多少？過去官方通過掌控歷史檔案來禁止該事件的論述，華人在事件中則被指責為肇事者。一旦歷史受到禁錮，無以修補其創傷情感時，它將滋長仇視幽靈隱藏在各族群的心靈結構，動輒變成族群間恐嚇與威脅的工具。

學者柯嘉遜曾利用解密的倫敦公開檔案，得出「五一三事件」的肇因非源於華巫種族衝突，而是一群具國家優勢的資本家對抗當時首相東姑所領導的貴族階層的結果。但在歷史不明朗底下，始終被包裹在華巫種族暴動的大黑箱。[13]之後，這衝突事件成為統治階層實行治理正義的合法理由，在修復族群資源不平均名義下，實行以馬來主權為依據的新經濟政策。因此，對五一三事件歷史正義的清理，實際上也是連帶對一九七〇年代影響廣泛的新經濟政策正當性的反思，族群與社會經濟資源分配的合理性與合法性將受到挑戰。換言之，那不僅是打開歷史黑箱的可能，也間接打開了被禁止

[13] 詳細的論述，請見 Kua Kia Soong, “May 13 : Declassified Documents on the Malaysian Riots of 1969”, Kuala Lumpur : Suaram Komunikasi, 2007.

挑戰的馬來主權與固打制的分配問題，直叩族群地位與公民身分平等性與公正性的正義訴求，擺脫華人為「代罪者」的角色。

（ii）「失敗者」歷史的承認

相較於「五一三事件」的歷史正義，馬共歷史的正義追求更為分歧，不僅是「國家」對應「馬共」的強勢與弱勢歷史詮釋權，最為尖銳的是如何看待馬共內部鬥爭及兩千年後前馬共歷史文獻整理出現各方說詞的問題。馬共的前身是南洋共產黨，在一九三〇年代改名為馬來亞共產黨，之後投入在反殖、反帝的抗爭活動。一九四八年英殖民政府實施「緊急狀態」（darurat），馬共被宣佈為非法組織，走入森行施行游擊戰，試圖以鄉村包圍城市模式進行武裝鬥爭。一九五七年馬來亞獨立，馬共面對是否繼續鬥爭的考驗，最後延續在森林裡的抗爭。一直到一九八九年，馬共在合艾簽署三方和平協議後走出森林，通過歷史書寫或文學創作，重構「我方」的歷史與記憶。

眾多由馬共撰寫的回憶錄以及文學作品都依賴於「記憶的歷史」，但人的記憶本來就多缺漏，偶爾也會失焦。而在面對記憶的競爭時，似乎是勝利者的記憶佔據了較大的發言權，如馬共總書記陳平在《我方的歷史》直言說：

> 歷史是活存下來或繼承其戰利品的人對事件的文字證詞或詮釋。在軍事衝突上，歷史必然是勝利者最終留在圖書館及檔案室的觀點。支配者及較強勢的那方，至少在他們有生之年，總有辦法阻止人們窺視那些把他們描為他們不想

> 要的角色的文件。所以你會有許多三十年、五十年，甚至七十五年的機密文件。有些甚至不曾被公開過，避免讓勝利者面對歷史反省時的難堪。這是為什麼勝利者很少被嘲弄的原因。[14]

面對國家與馬共之間不平等歷史詮釋權，出現了「勝利者」與「失敗者」的兩方。陳平的《我方的歷史》有一部分採納倫敦的解密報告書，報告書提供他了解英政府在一九四八年緊急狀態各項命令背後的真正意圖。他自己坦言呈現自己一方的歷史，是旨在平衡一邊倒的文檔。[15]在《我方的歷史》中，陳平坦然承認是失敗者，陳述中表明縱然在革命中不能贏，並沒有因為和政府簽定和平協議而覺得蒙羞。尤其是馬共走出森林的決定，以和平與平等為理念，必須獲得尊重。馬共歷史正義的捍衛，實際上也是馬共尊嚴的守護。從「正義」的角度思考，陳平對「我方」要求同樣享有「人」的平等待遇，以及「我方歷史」在歷史評價上取得公允的位置，挑戰了「正義是強者利益」的說法。歷史研究者潘婉明曾尖銳的指出，陳平在《我方的歷史》的陳述「都不斷地在『我方』和『我』之間發生角色跳躍」，[16]陳平習慣用「我」來說明自己的地位和信心，在檢討馬共鬥爭所犯下的各種錯誤時，又把自己和大多數意見切割。因此引發個人傳記所承擔的歷史功能，以及是否尚須其他的

---

[14] 陳平，《我方的歷史》（新加坡：Media Masters Pte Ltd，2004），頁 9-10。

[15] 陳平，《我方的歷史》，頁 461。

[16] 潘婉明，〈附錄二／馬來亞共產黨〉，《南洋人民共和國備忘錄》（台灣：聯經出版社，2013），頁 316。

馬共缺席者來填寫歷史現場的思慮。黃錦樹在小說〈尋找亡兄〉，以近評論的口吻道說：「那些馬共的回憶錄都是假的，該寫的都沒有寫。陳平《我方的歷史》更是漏洞百出，沒有幾個句子是可信的，讓洋鬼子幫他寫，用英文出版，是甚麼意思？」[17]這顯然有意借助小說誘發人們須對《我方的歷史》保持理性的質疑。

如果說「五一三事件」的訴求在於「平反」，「馬共歷史」的正義訴求則在「承認」。「承認」的基本含義是指個體與個體之間、個體與共同體之間、不同的共同體之間在平等基礎上的相互認可、認同或確認。[18]陳平逝世後的際遇，便說明了「承認」的困難。他的遺體無法如願運回安葬在他的家鄉——位於馬來西亞北部的小城鎮實兆遠（sitiawan）。陳平於二〇一三年九月十六日逝世，當時馬來西亞反對黨之一的伊斯蘭黨中央委員兼研究局主任朱基菲裡博士曾聲稱，他雖然不認同共產黨的意識形態，但為了公正起見，認為曾經先後與日本及英殖民主義者作戰，並曾獲得英女王頒授勛銜的陳平，其遺體應該被允許運回我國安葬，但遺憾的是，當時首相納吉堅持不准將陳平的遺體和骨灰運回馬來西亞。這事引發人權正義和歷史正義的爭議，包括是否符合馬共在一九八九年和馬來西亞政府簽署和平協議所取得的諒解與協議精神，如左翼研究者李萬千批評：「這種毫無人性，不顧死者家屬、戰友、支持者和普

[17] 黃錦樹，〈尋找亡兄〉，《南洋人民共和國備忘錄》（台北：聯經出版社，2013），頁130。

[18] 南茜・弗雷著、歐陽英譯，《正義的尺度》（上海：人民出版社，2009），頁3。

通老百姓的感受，不顧家屬情感、習俗和宗教需要的強蠻、專橫與狂妄的立場與言行，不但不符合文明社會的基本道德和倫理，尤其嚴重地違背了一九八九年合艾和平協議的條款及其和解精神。」[19]

無論是「五一三事件」或馬共所欲伸張的歷史正義，始終受政治權力的支配以及歷史詮釋權的壟斷而窒礙難行。在這樣的情況底下，小說中的文學思想究竟如何提供對歷史正義的平反和承認另一種想像，以下將就《南洋人民共和國備忘錄》來加以論述。

三、《南洋人民共和國備忘錄》：顛倒／翻轉／拆解／重組

> 「當我們談論馬共我們在談論什麼？」〈尋找亡兄〉（頁129）、「好像他的過去是一場虛構，沒有人可以論證。」〈馬來亞人民共和國備忘錄〉（頁74）

以上兩句話出自《南洋人民共和國備忘錄》小說中的句子。有意思的是，這兩句話提供延伸思索歷史正義的尖銳問題——過去的「是」與「非」該如何判斷？怎樣才算是「正義」的歷史？怎樣是「不正義」的歷史？馬共控訴以及平反的正義標準是什麼，如何被大眾所認知？有沒有取得大眾共識的「歷史正義」？在馬華文壇，黃錦樹被視為馬華文學的「現代派」，是批判馬華現實主義的「反

[19] 李萬千，〈陳平有功，骨灰無罪〉，《當今大馬》獨立媒體網站，2013年9月21日。

道德者」。[20]由於他的「否定性」思維與充沛的論戰精神，學界也愛稱他為馬華文壇的「燒芭者」或「壞孩子」。[21]黃錦樹的小說創作豐碩，他的兩本著作——《馬華文學與中國性》和《文與魂與體：論現代中國性》，從文學本質與定位的釐清，進而追溯文學傳統與文體歷史的發展，展現兼具文學創作與論述實力。他也關注「國家暴力」以及「現代性創傷」對文學和作家的影響，曾提出「無國籍文學」[22]——超越國家的文學觀念。早期的作品以後設手法為主，中年以後，益發注重「此地此刻」的現實，小說內容不時契入現實問題。有別於現實派作家，他不以反映現實為創作原則第一義，避免讓現實來決定作品，而是以「我」對現實的思考來轉化現實本身的局限，特別是二〇〇一年出版的小說集《由島至島》，多篇小說隨手拈來一連串可對號入座的人物，充斥著各種戲謔、反諷、仿擬、嘲弄等口吻，故事極盡揶揄與玩笑之際，又有一種嚴肅的悲鳴，在在表現出離散者在尋找自己寫作座標、歷史時間，以及「我族」定位的「明志」心理狀態。王德威在〈序論〉說道：

> **而敘事，作為廣義的記憶、銘刻、串聯、傳播「意**

---

[20] 何棨良，〈「黃錦樹現象」的深層意義〉，收錄於張永修、張光達、林春美主編，《辣味馬華文學——90 年代馬華文學爭論性課題文選》（吉隆坡：雪蘭莪中華大會堂，2002），頁 284。

[21] 張錦忠，〈散文與哀悼〉，黃錦樹《焚燒・序》（台北：麥田出版社，2007），頁 4。

[22] 黃錦樹，〈無國籍華文文學——在台馬華文學的史前史，或台灣文學史上的非台灣文學：一個文學史的比較綱領〉，收錄於張錦忠、黃錦樹主編，《重寫台灣文學史》，頁 123-160。

> 義」的手段，總已預設一深厚的言說基礎，政教機制。離散者被迫或自願放棄故土母語，因此架空了敘事的合法性及有效性。相對的，離散者獨立蒼茫，反而有了更多不能「己於言者」的衝動。如何在失語的陰影下，述說塊壘，付諸後之來者，永遠是艱難的挑戰。[23]

敘事具有的言說基礎，是小說無法抽離的現實意義。對於離散者而言，如何說、說什麼，往往面對一個空間與時間錯位的問題，但這也意外可以讓他們自由往返或迴旋在小說敘事的空間與時間。「說故事」這回事，往往具有一種「指認」的隱喻內涵，而敘事語言所表現出的行動意識，實可以轉化小說的敘事場域為文字公共領域，提供一種對話的可能，此即是「文學公民性」[24]的彰顯。

《南洋人民共和國備忘錄》各篇小說皆以馬共為主要人物原型，關注的是後革命時期馬共的精神與心靈狀態，馬共書寫自身歷史，以及馬共的情慾想像等境況。小說集共收錄了十一篇小說，分別是〈父親死亡那年〉、〈那年我回到馬來亞〉、〈馬來亞人民共和國備忘錄〉、〈森林裡的來信〉、〈尋找亡兄〉、〈當馬戲團從

---

[23] 王德威，〈序論：壞孩子黃錦樹〉，《由島至島》（台北：麥田出版社，2001），頁16。

[24] 「文學公民性」的彰顯，在於它可以履行文學公共義務的實踐，即文學的創作自由、作家的創作權。「創作」這個行為可以是個人的、私密的，但作品需要面對大眾，它有一定的公眾讀者或賴以對話的群體。所以文學公民身分在超越國家、個人、語言之餘，它其實是一個通往文學公民社會和建立文學公共領域的途徑。

天而降〉、〈對不起您撥的號碼是空號請查明後再撥〉、〈悽慘的無言的嘴〉、〈還有海以及波的羅列〉、〈婆羅洲來的人〉以及〈瓶中稿：詛咒殘篇〉。縱讀各篇小說，可知小說嵌入現實卻又顛覆現實，內蘊歷史追問線索：馬共走出森林以後，如何面對過去的烏托邦理想？通過書寫歷史是否能夠確立歷史的真實性？能否找到馬共想要的歷史正義？如何面對失敗的歷史等？黃錦樹關注馬共歷史書寫問題，並非始於這本小說集，但以馬共為全書主要創作題材，尤其是書中提供大量有關文學、思想與歷史交錯的反思，甚至顛倒歷史或戲謔人物的政治立場、遭遇與下場，其中包括「已經沒有馬來人的馬來亞」[25]、「偉大英明的林清祥總理」、「反革命分子李關躍（譯音）」[26]、「無聊的馬共小說」[27]等，則是首部馬共小說集。如果真嚴肅把小說當歷史認識來理解，恐會迷路在歷史真假的死胡同。當作者把真／假、真實／虛構、好人／壞人、左派／右派都進行拆解與重組時，讀者必須接受自己熟悉的歷史知識的挑戰，回到基準或幽微的模糊地帶，重新審視自我的認知與判斷。《南洋人民共和國備忘錄》並非打著「歷史正義」的文學訴求，但多篇小說的內在指涉或隱喻，提供了文學對歷史回應的思索。

[25] 黃錦樹，〈那年我回到馬來亞〉，《南洋人民共和國備忘錄》，頁51。

[26] 黃錦樹，〈對不起您撥的號碼是空號請查明後再撥〉，《南洋人民共和國備忘錄》，頁175。

[27] 黃錦樹，〈還有海以及波的羅列〉，《南洋人民共和國備忘錄》，頁217。

（i）烏托邦與幻滅

《南洋人民共和國備忘錄》的前頁有以下幾行字：

本書獻給

為解放殖民地馬來半島而

犧牲青春甚至性命的馬共

戰士們及無辜受害的民眾

馬來亞獨立以後，馬共為何而戰，是否還有存在的正當理由，引發多方爭議。如今再正視此問題，不乏涉及馬共尊嚴和歷史承認的問題。馬共藉由回憶與書寫重返歷史，按黃錦樹所說，那是「尊嚴之戰」、「歷史定位之戰」。[28]黃錦樹在另一篇討論馬共作家金枝芒（1912-1988）[29]的文論中，曾提及他對馬共回憶錄的看法：

> 一如這十餘年來大量出版的馬共回憶錄，都可以視為是與被官方主流論述的抗爭，而在他們眼中，官方的歷史解釋對他們是不公平的，甚至摻合了英殖民者的視野（大部分非左派的相關論述都接受英國軍事行動的正當性，以馬共為叛亂分子，近乎「歷史定論」）。一九五五年的華

---

[28] 黃錦樹，〈關於漏洞及其他（自序）〉，《南洋人民共和國備忘錄》，頁7。

[29] 金枝芒是最有代表性的馬共作家，主要的小說創作有《饑餓—抗英民族解放戰爭小說》、《烽火牙拉頂—抗英戰爭長篇小說》以及《金枝芒抗英戰爭小說選》。此外，他在森林中所編輯的文學刊物，有關抗英戰鬥故事集——《十年》（第一至第五輯）也於 2013 年 2 月出版。

玲會談因馬共不接受屈辱的條件，協約不成重新走回大森林，不過兩年馬來亞就獨立了，從此馬共以抗英去殖獨立建國為主要訴求的武裝鬥爭失卻了大半的正當性，不論是馬來亞還是馬來西亞，都不該是敵人，雖然國家也許沒有依照他們想像的方式去建構。因為歷史定位不被承認，只有持續作戰，只是那樣的戰役未免消極，被收縮向他們自身，與人民的關係漸遠，只是他們自己的戰役。成了下不了台的台階。對於尚活著的老兵而言，一九八九年十二月的和平條約，不啻是一大解放。老馬共們放下了鎗，拿起了筆，這些書寫無疑是這些曾經參與革命的老人餘生的最後的戰役——仍然是爭取承認。另一方面，這些寫於、原刊於五十年代的作品的出土，除了可以促使文學史的改寫之外，更重要的讓一段幾乎被遺忘的歷史——尤其對於出生、成長於中產階級生活的世代——有可能被重新審視。因為那段歷史已屬上一代人，已過去近半個世紀。[30]

老馬共們走出森林後，戰役並未結束，「書寫」是另一場戰役。長期以來，馬共被「族群化」為華人政黨、馬共鬥爭是華人政治表達，形塑「馬共都是華人」的社會想像；或把馬共冠上「妖魔化」、「背叛者」、「恐怖分子」等名號。馬共歷史的書寫與創作，是馬來西亞建國歷史和文學史重新審視的契機。黃錦樹要把

[30] 黃錦樹，〈最後的戰役——論金枝芒的饑餓〉，刊載於《星洲日報・文藝春秋》，2012年3月14日。

《南洋人民共和國備忘錄》獻給戰士們及民眾，在自序中表明：「我準備用我自己的方式向他們致意。雖然我的致意方式也許讓人難以忍受」。[31]值得玩味的是，黃錦樹的致意方式，卻透露出對歷史以及歷史正義尋索等嚴峻的拷問與質疑，例如〈馬來亞人民共和國備忘錄〉通過一個被敘述的主體「老金」，離開生活四十多年森林返鄉的故事為開端。在回返老家途中，老金領略物換星移，唯有日常的家熟悉不變。回家後和老母親生活，彷彿一對老夫妻，不時向她述說森林部隊的生活。自回鄉後，他再沒有和其他走出森林的同志聯絡。五年以後，老金光裸的屍身，竟被發現嵌在三棵大樹中其中一棵的樹洞，屍身不僅有濃烈腐臭味，還有綠頭蒼蠅圍繞。地方新聞版面刊載說：「知名馬共□□□離奇暴斃於故鄉的樹上」。[32]小說低沉的基調，見證了馬共戰士荒謬與腐朽的死狀。

老金身體的腐朽，彷彿可推測與他走出森林後處在潰散的精神狀態有關。當革命理想失去寄託，烏托邦的幻滅迫使人直面過去的自己。馬共在戰前的抗戰信念在於反殖反帝，獨立以後如何說服自己的過去堅持的信念是正確的，尤其是過去參與在後來被評價為失敗的戰役。小說中的老金很多時候沉浸在失敗感的迷茫情緒：

> 但他其實常心事重重。尤其在馬來亞獨立後的那二十多年，他變得非常焦慮。馬來亞獨立了，還為什麼而戰？

---

[31] 黃錦樹，〈關於漏洞及其他（自序）〉，《南洋人民共和國備忘錄》，頁9。

[32] 黃錦樹，〈馬來亞人民共和國備忘錄〉，《南洋人民共和國備忘錄》，頁75。

為了馬共的尊嚴？為了歷史上的承認？……同時也寫了部不切實際、烏托邦兼失敗主義情緒的小說《馬來亞人民共和國志》，而受到嚴厲的批判。[33]

馬共早期的革命目標是為了創建新社會秩序，「不僅是要推翻英帝國主義，而代表封建主義的馬來蘇丹與代表買辦資產階級的西方代理商與華族資產階級，也被列為打倒的對象」。[34]縱然如此，「馬來亞人民共和國」不曾實現，那只是寄託在老金生前書寫的虛構筆記，包括新加坡人民共和國、印尼人民共和國、菲律賓人民共和國等。眾同志們在老金遺留的箱子中，發現大量的筆記，才了解老金構想的「共和國」的「大地圖」景觀。在老金筆下的馬來亞人民共和國，有一個極左的內政部長，還有各州蘇丹組織起來的反抗軍。唯有在筆記裡可以顛倒歷史、明暗互換，設計人事佈局與國家制度，作為烏托邦建國的「備忘錄」。此外，小說也迫使老金審視個人歷史以及革命情誼：究竟過去投入戰役的同志們是革命者、倖存者、幻影者抑或背叛者？[35]已分不清楚誰對誰非，這是清醒思考的痛苦。

已過著正常人一般生活的老金，魂牽夢繫的仍是「失敗的革命」、虛耗的青春歲月：

---

[33] 黃錦樹，〈馬來亞人民共和國備忘錄〉，《南洋人民共和國備忘錄》，頁77。

[34] 楊進發，〈馬來亞共產黨人為生存而鬥爭（1930-1935）〉，《新馬華族領導層的探索》（新加坡：青年書局，2007），頁284。

[35] 黃錦樹，〈尋找亡兄〉，《南洋人民共和國備忘錄》，頁134-135。

> 多年來他幾乎讀遍所有馬共幹部的回憶錄，他曾淡淡的評論說，縱使反覆辯解，其實不過是質木無文的、一場失敗的革命的殘缺的紀錄。許多人的青春—甚至生命，被虛耗了。化為塵土。化為灰。和平以來，許多昔日的同志都經商去了，時不時收到他們從遠方寄來的贈品、茶葉、水果、東革阿里咖啡到超柔衛生紙，和高階幹部寫的回憶錄雜亂的堆在一起。[36]

馬共總書記陳平在檢討馬共的失敗原因時，曾歸咎於無法爭取馬來人和印度人的支持。在三〇年代作為馬來人共產與革命思想來源的印尼，[37]由於在爪哇和蘇門答臘革命失敗後已逐漸沈寂。馬共領導層內部也曾多次發生內部鬥爭，再加上政治部的高壓監控與逮捕等，影響了該領導層的延續和馬共的發展。歷史研究學者楊進發曾指出在一九三〇～一九三五年期間，馬共為生存而鬥爭，但「馬共的紀錄是敗跡纍纍」。[38]倘若如此，失敗者如何爭取歷史正義的承認？小說家雖然承認馬共「書寫戰役」的重要，但如〈森林裡的

---

[36] 黃錦樹，〈馬來亞人民共和國備忘錄〉，《南洋人民共和國備忘錄》，頁72-73。

[37] 一九三〇年代開始，印尼左派和馬來亞有密切的關係，馬來馬共領袖阿都拉·西迪（Abdullah C.D.）曾經透露自己的政治思想啟蒙，與印尼革命人士有緊密關係，印尼獨立運動成為馬來馬共反殖與爭取獨立的精神與思想重要資源之一。參魏月萍，〈馬來馬共的歷史論述與制約〉，《人間思想——亞洲現代思想計畫專號》，頁138-139。

[38] 楊進發，〈馬來亞共產黨人為生存而鬥爭 1930-1935〉，《新馬華族領導層的探索》，頁300。

來信〉中寫道「馬共的烏托邦與幻滅」，[39]不免是在憑弔在抗爭中犧牲的青春生命，透露出「馬共從頭到尾都是悲劇，怎麼走都是悲劇」[40]的心聲。

（ii）真假與虛實

馬共歷史的書寫與重建，主要是以回憶錄方式為歷史重建主體，作為「我方」歷史的代表。在這當中，又以個人回憶錄居多。歷史學家霍布斯邦（Eric J. Hobsbawm）曾提醒，針對被權力遮蔽或被誤讀的歷史，若在問題先行與預設底下，回憶者只尋找他們想要找的回憶，而不是整體性的歷史記憶，那只叫做資料，是口述歷史者所要避免的。[41]如在前面所提及，當小說中寫說：在〈尋找亡兄〉中寫道：「那些馬共的回憶錄都是假的」，[42]小說家似有意提醒讀者各種回憶錄是否存在「虛構」的可能性，或許可以直接說，在某種意義上來說，「回憶即是虛構」，二者之間的界線有時並非涇渭分明。

另，〈那年我回到馬來亞〉則講述「我」回到到馬來亞人民共和國奔喪，同時設計了「路線之爭」的爭議——「馬來亞人民共和國和中華人民共和國之間，到底應該是怎樣的關係？」這樣的叩

---

[39] 黃錦樹，〈森林裡的來信〉，《南洋人民共和國備忘錄》，頁 89。

[40] 黃錦樹，〈尋找亡兄〉，《南洋人民共和國備忘錄》，頁 134。

[41] 艾瑞克・霍布斯邦（Eric J. Hobsbawm）著、黃煜文譯〈來自底層的歷史〉，《論歷史》（台灣：麥田出版社，2002），頁 344。

[42] 黃錦樹，〈尋找亡兄〉，《南洋人民共和國備忘錄》，頁 130。

問，在馬共作家賀巾的長篇小說《巨浪》也有類似的質疑。[43]《巨浪》小說中曾提及多位馬共成員不再固守「延安情結」，質疑中國革命擬定的套路，提出要依據現勢情況決定實踐方法：「中馬國情各異，能簡單地劃上等號嗎？」[44]最令人莞爾的是，〈那年我回到馬來亞〉賦予新加坡「冷藏行動」的不同故事內容，把原來事實事件中的「左翼人士」改為「馬來土邦皇族」；[45]同時把馬來亞的馬來人遷往印尼人民共和國，換取五百萬華人，以改變人口結構。[46]

在虛實相間的小說中，對革命顛覆性最強的是馬共的情慾，也是馬共回憶錄中隱晦的部分。《南洋人民共和國備忘錄》中的男馬共，充斥強烈的情慾想像，像是〈父親死亡那年〉的「他」有許多和阿蘭纏綿的做愛場景，或被馬來女人引誘至「有幾回被她搞到暈過去」；[47]〈森林裡的來信〉中被馬共強姦的秀蘭；[48]在〈尋找亡兄〉寫道：「像我們這種左派流浪漢有很多受女人歡迎。一直有女人黏上來，從十六歲到六十歲的都有，甩也甩不掉」[49]等。最有閱讀震撼的應是〈悽慘的無言的嘴〉裡女馬共的日記，控訴多次在革

---

[43] 亦可參魏月萍，〈青春、革命與歷史：賀巾小說與新加坡左翼華文文學〉，《中國現代文學》第二十三期，2013年8月，頁29-48。

[44] 賀巾，《流亡——六十年代新加坡青年學生流亡印尼的故事》（吉隆坡：策略資訊研究中心，2010），頁287。

[45] 黃錦樹，〈那年我回到馬來亞〉，《南洋人民共和國備忘錄》，頁46。

[46] 黃錦樹，〈那年我回到馬來亞〉，《南洋人民共和國備忘錄》，頁46。

[47] 黃錦樹，〈父親死亡那年〉，《南洋人民共和國備忘錄》，頁21。

[48] 黃錦樹，〈森林裡的來信〉，《南洋人民共和國備忘錄》，頁95。

[49] 黃錦樹，〈尋找亡兄〉，《南洋人民共和國備忘錄》，頁132。

命部隊裡遭受強姦：[50]

他竟然摸黑強姦了我。

他又強姦我兩次。

過去馬共的歷史書寫多注重在宏觀的歷史敘述及偉大的革命理想，對馬共本身的情感與情慾狀態，包括女馬共的家庭觀、婚姻觀和革命之間的張力，甚少獲得關注。[51]尤其是施加在女性馬共的身體暴力，得到小說家更大的關注。例如黎紫書〈州府紀略〉中描繪有關男馬共對女馬共身體的粗暴行為，亦令人感到震撼：

然後在山裡，我忍不住要了她，拖她進矮青芭，現在想起來似乎很粗暴，在她手腕留幾條黑青的瘀痕。當時卻以為在履行那拖延很久的責任。她不喊不叫，但咬著唇嗚咽的哭，完事後才看見血，我整個傻住了，陽具上有血，處女的血。那種心情不懂得怎麼形容，有喜有悲，有驚嚇有悔恨，人家給我少女的身體。[52]

因為隱晦，多了想像的空間，情慾引發的暴力往往最難控制。在《南洋人民共和國備忘錄》有意鋪展別於「馬共回憶錄所歌頌的英勇——那是一個個有血肉有情慾、正義激昂卻同時會計算利益的

---

[50] 黃錦樹，〈悽慘的無言的嘴〉，《南洋人民共和國備忘錄》，頁 190-191。

[51] 有關女馬共的研究，可參邱依虹，《生命如河流：新、馬、泰十六位女性的生命故事》（吉隆坡：策略研究中心，2004）；潘婉明，〈戰爭・愛情・生存策略：馬共女戰士的革命動機〉，《思想》（台灣，聯經出版社，2012），頁 43-69。

[52] 黎紫書，〈州府紀略〉《山瘟》（台北：麥田出版社，2001），頁 46。

活生生個體」，[53]大量描述赤裸的性愛、男女性器官以及非常態情慾的故事情節，是否會引起老共們的不滿，不在本文討論範疇。引發思考的是：如果揭示過去馬共的存在以及革命歷史須得到平反與正義對待，如何把隱晦與陰暗的部分包含在內？這些幽微的人性問題對於大歷史而言重不重要？

四、小結：歷史的負荷

歷史的重構與重寫涉及不同層面的參與者，無論是前馬共、歷史學者、創作者，都以各自不同的方式來紀錄、重建或反思歷史。在歷史正義的思考上，三者之間構成重要的「環節」，映照出各自的特點和局限。馬共歷史曾經是隱晦的歷史，壓抑著許多不受承認或被汙名化的歷史悲情，它所承載無可言喻的痛苦，是在建國以後感受「被拋擲至他方」的悲悽感。馬來亞「有國籍」以後，他們卻成為隱藏在森林裡「沒有身分的人」。老馬共們試圖重建歷史，要求公正與合理的歷史定位，展開歷史正義的追討。倘若能打開「歷史正義」的公共論述，共同思索正義與公平所牽涉的各種道德矛盾與衝突，[54]或能慢慢凝聚對歷史正義的本質與邊界的共識，建立起

[53] 這是嵌印在《南洋人民共和國備忘錄》封底的一句話。

[54] 「正義」無論作為道德或政治哲學概念都充滿各種矛盾與衝突，需要多方的梳理，可參 Stuart Hampshire, *Justice is Conflict*, Princeton: Princeton University Press, 2000；Ville Paivansalo, *Balancing Reasonable Justice, England*: Ashgate Publishing Limited, 2007.

社會的歷史正義價值觀。因此需要審視的不僅是官方的歷史敘述，或要求一種「平衡」的歷史，也包括馬共本身的歷史思維及正義觀的表達，才能充分把握歷史正義所擁有的兩面性。不把過去過度的神聖化或悲情化，從而找到適切與合理的判斷原則。

從文學公民實踐角度而言，黃錦樹的《南洋人民共和國備忘錄》極盡「惡搞」本領，以「虛構」來修補歷史的漏洞，不可視為正規的歷史知識，因為它拆解了固定式的是非與黑白，正義與不義的歷史觀。小說中顛倒與翻轉作用，遊走在「實」與「不實」的歷史、文學與現實的交錯空間，想像各種不同選擇的結果的可能，啟動對歷史正義思考的契機與反思資源。小說展現的歷史思索向度，可作為公共討論與知識實踐的入口。過去馬共「為生存而鬥爭」到今天「為承認而鬥爭」，可知歷史與歷史正義，不是輕或重的問題，真正的重量，是承載的方式。重覆小說中的一句話：「當我們談論馬共我們在談論什麼？」，由此亦可詰問：當我們在討論歷史正義，我們在討論什麼？

† 本文曾宣讀於「東亞文明的新計畫與公共性」學術工作坊，2014 年 5 月，修訂於 2018 年 12 月。

糞便的隱喻：
馬哈迪時代的馬華文學行動

DUDUK

sehinggasebati

di bumi.

BANTAH

sehinggaberbara

dihati.

——A.Samad Said[1]

---

[1] 這是著名馬來文學家 A.Samad Said 為二〇一二年四月廿八日要求乾淨選舉佔領吉隆坡廣場行動所寫的一首短詩。近年來身為國家文學獎得主的他，踴躍參與多項公民集會與遊行，儼然成為受各族群尊重的「街頭詩人」。

一、前言

一九九九年馬來文壇出版了一本名為《SHIT》（中文意思為「糞便」）的馬來政治小說，極度諷刺當時的首相馬哈迪。這之後發展的討論重點，不在於小說故事寫得好不好，而是小說中到底指涉了誰、指涉了什麼事，以及寫作動機等，才至為重要。最受矚目的是小說家沙濃・阿末（Shanon Ahmad）的身分——國家文學獎得主，一位受國家承認的馬來作家，以「shit」的修辭來表達他對「安華雞姦事件」的不滿以及對馬哈迪戀權不退的批判。《SHIT》反映了馬來作家對馬哈迪統治下貪腐猖獗，以及高度操弄同性戀道德議題以取得政治資本做法的不滿。[2]二〇〇二年，馬華新銳小說家賀淑芳的〈別再提起〉，以伊斯蘭宗教局搶屍鬧劇中「糞便飛濺」與「屍體大便」情節製造荒謬與突兀感，身體惡臭的排泄物（大便）也具有政治調侃的象徵意義。「糞便」像一則政治隱喻，如呂育陶詩作〈沼澤論〉，一方面可以「互相拋擲糞便、尿液／塗汙對方的肉身／和名字」，把「糞便」作為工具或攻擊的武器，藉此達到髒、臭的目的；而另一方面，糞便湧出為一種自然生理，不得不排泄的一種自然的反應，是神權也無法管轄之地。黃錦樹曾評說〈別再提起〉「把公權力介入族群私領域的屍體所有權的荒謬推

[2] 安華在一九九九年四月十四日被判坐牢六年。出獄後幾年，此劇幕再度上演，安華被控與其助理進行不道德行為，再次被控上法庭。但在二〇一二年，安華被宣判無罪釋放。

到極限」，[3]實際上，「公權力」背後訴諸的即是一套「神權」的意識形態，而神權的執行是否取得合理的實踐理由，取決於信徒的良心實踐，因為「宗教要求的內容與說服力是由信徒所抱持內容所決定，而非根據信徒對信念的支持而定」，[4]宗教真理的實踐掌握在信徒手中，也導致不時引發某些爭議的觀點是維繫於「神的語言」抑或「人的語言」。

擁有多元族群與宗教信仰的馬來西亞社會，無論是牽涉同性戀抑或改信伊斯蘭教課題，都糅雜了政治、宗教信仰、倫理與族群的複雜因素。[5]若追根究底，馬來西亞社會神權勢力的擴張，與馬哈迪在位期間，即自一九八一年起至二〇〇三年長達廿二年的「伊斯蘭化」政策理念緊密相關。[6]雖然在二〇一八年，馬哈迪戲劇化的重返首相一職，此刻伊斯蘭問題已非是他首要解決的問題。因為在

---

[3] 黃錦樹，〈屍首的族群歸屬〉，張錦忠、黃錦樹主編，《別再提起：馬華當代小說選（1997-2003）》（台北：麥田出版社，2004），頁 295。

[4] Jon Elster（埃爾斯特）著，李宗義、許雅淑譯，《審議民主》第 8 章〈民主與自由〉（台北：群學出版社，2010），頁 282。

[5] 詳論可參魏月萍，〈族群政治與宗教暴力：馬來西亞宗教多元論的實踐困境〉，《哲學與文化》（第二十五期），台灣輔仁大學哲學系出版，2013 年 2 月，頁 3-19。

[6] 伊斯蘭化政策不只是把回教價值全面實行在國家行政上，更明確的政策是國際伊斯蘭大學的建立、伊斯蘭銀行以及伊斯蘭文化課程成為馬來學生的必修課程。頗為弔詭的是，馬哈迪在一九八二年三月邀請當時擔任馬來西亞伊斯蘭青年運動組織主席的安華加入巫統，此後「象徵巫統和伊斯蘭復興運動的結合」，參陳中和，《馬來西亞伊斯蘭政黨政治——巫統和伊斯蘭黨之比較》（吉隆坡：策略資訊研究中心，2006），頁 153。

過去治理的長時間裡，伊斯蘭價值理念早已契合於馬來民族主義與馬來西亞資本主義，發展出一套結合伊斯蘭教的生活方式與工作倫理，甚至成為治理與行政體系的指導原則。此外，伊斯蘭教也是鞏固馬來民族主要的宗教身分認同，「馬來民族」與「馬來主義」以伊斯蘭教義為聯繫基礎，建立「身分共同體」意識。[7]

馬哈迪治理底下的馬華文學究竟形塑出何種樣態？倘若要整理出一本「文學事件錄」，亦是不易。「後五一三」[8]時期開啟了一九七〇年代新經濟政策族群固打制以及國家文化爭議，在國家文化原則中，馬華文學與淡米爾文學一概成為「邊緣文學」，無緣進入國家文學的殿堂。一九九八年的「烈火莫熄」（reformasi），[9]則掀開了公民社會運動的序幕，促使「馬來西亞人」身分自覺的探索。倘若尋索這漫長時段中的文學反抗符號，似乎可以拼湊出各種不同的文學聲調：例如一九八〇年代悲憤與蒼涼的抒情，以動地吟的演出為

---

[7] 可參 Virgina Matheson Hooker, "Reconfiguring Malay and Islam in Contemporary Malaysia", Timothy P. Barnard edited, *Contesting Malayness——Malay Identity Across Boundaries*, Singapore : NUS, 2004, pp.149-167.

[8] 「五一三事件」為馬來西亞黑暗的歷史，這一段發生在一九六九年五月十三日的流血衝突事件，各族群皆有死傷人數。但五十年以來這段歷史未真正被梳理，其發生理由究竟是族群衝突抑或馬來人政治內鬥所致，未能有確切的說法。

[9] 此運動源自於對安華事件不公的不滿以及針對巫統的貪腐風氣。這場運動為二〇〇八年馬來西亞政治海嘯提供了條件與基礎。至二〇一一年「709 運動」，馬來西亞的社會運動開始建立由各族群組成的群眾基礎，華人也越來越敢走上街頭表達公民訴求。

極致；[10]一九九〇年代對國家暴力與創傷的解構，以中國性、斷奶、國家文學與馬華文學等文學爭論為主；而兩千年以後怪獸與糞便的懷疑與嘲弄，透露對歷史與神權的質疑。「後馬哈迪時代」的二〇〇八年是一個重要的分水嶺，政治與公民意識的醒覺如海嘯般衝撞，終於在二〇一〇年後衝破堤防，釋放出頑強社會力。[11]

如上述所論，在馬哈迪治理期間，全面推行伊斯蘭化政策成為二十二年治理經驗背後的思想原則，究竟馬華文學如何反映與回應華巫不同的族群生存狀態與宗教思考？本文即以八〇年代序幕的「馬哈迪時代」（1981-2003）的政治社會為歷史脈絡，分析聚焦於馬華小說如何從「從唐入番」以及「改信宗教」的敘事觀點，進一步叩問在面對神權與宗教律法，究竟可提供怎樣一種言說？而小說家又如何經由一種說故事的策略與慾望，表達一種文學行動修辭語言（rhetorical language）以及文學的公民性？小說家是否在說故事的慾望中，建立了一條可指認的通道，游移在現實與非現實之間，一如米樂（J.Hillis Miller）所說「說故事是以文字做事的一種方

[10] 「動地吟」是馬華詩人「聲音的演出」，如林春美所言，是八〇年代末「馬華文壇最公開與高亢對於『家國關愛』和『民族情懷』的召喚」，可參林春美〈從「動地吟」看馬華詩人的身分認同〉，《性別與本土——在地的馬華文學論述》（吉隆坡：大將出版社，2009），頁 30-45。劉藝婉、傅承得編《彷彿魔法，讓人著迷——動地吟二十年紀念文集》、《動地吟朗誦詩選》（吉隆坡：大將，2009）。

[11] 二〇一一年七月九日數萬不同族群的民眾為乾淨選舉走上街頭，許多參與的民眾之後都寫下他們的感想，這其中包括不少作家、文化人。收錄於楊凱斌、陳慧思合編《共赴 709——Bersih 2.0 實錄》（吉隆坡：燧人氏出版社，2011）。

式」？[12]不少小說家在有意識與無意識之間，用一種曲折或修辭的語言來回應族群政治問題，通過文字書寫建立一種「公語言」的敘事模式。由此可把握的是，所謂的「文學行動」(literary act)，亦可經由敘事轉換成文學行動隱喻，從故事細節的推演拓展個人意識，進一步聯繫集體的情感意識，打開雙向的對話空間。

二、生存慾望中的「抉擇」與「犧牲」:〈阿拉的旨意〉

馬華文學作為一種「行動方略」，它不像作家投入運動場域，身體成為介入的直接證明。文學作為一種書寫載體，需要利用一種修辭的文學語言來展開故事的敘事。史考特・卡本特（Scott Carpenter）在《Acts of Fiction》曾提及「小說行動所瞄準的是如何象徵性的描述世界」，[13]這意味著小說意識能否促成某種思維改變，關鍵在於說故事的策略與慾望。文學語言不只可表現出文學意識的流動，往往也揭露創作者的慾望與行動隱喻。政治、道德、宗教、倫理抑或美學上的思索，融入小說敘事的一部份。「小說」作為文字「言說」類型之一，可介入論理的文學公共領域，建立起一套「公語言」的形式。所謂的「公語言」，是指不受現實體系與道德規定約束的論理自由性質與內涵，它能超越現實的政治價值，叩

[12] 米樂（J.Hillis Miller）著、單德興譯，《跨越邊界——翻譯・文學・批評》（台北：書林出版社，1995），頁 79。

[13] Scott Carpenter, *Acts of fiction : Resistance and Resolution from Sade to Baudelaire*, United States : The Pennsylvania State University Press, 1996. p.36.

問個體生命存在的價值思考。當公語言進入小說的敘事脈絡時，它不意在表達某種政治立場或表態，而是行使個體生命權利，自由提出與己身有關的生存權利和權益「選項」的反思。

黃錦樹的〈阿拉的旨意〉[14]講述一個有關「同化魔鬼契約」的故事，王德威曾點出小說「假設了一種華人孤絕的境況，思考語言存續的可能」。[15]而黃錦樹曾自述〈阿拉的旨意〉勾勒出一種類似「被拋的存在」的境況，提出有關文化基因與文化選擇的問題。[16]尤其是把小說人物「我之抉擇」置於馬來西亞族群政治境況中，透

---

[14] 〈阿拉的旨意〉收錄在小說集《由島至島 Dari Pulau Ke Pulau》（台北：麥田出版社，2001）。《由島至島》可說是黃錦樹一部最具現實感的小說集，多篇小說隨手拈來一連串可對號入座的人物，充斥著各種戲謔、反諷、仿擬、嘲弄等口吻，故事極盡揶揄與玩笑之際，又有一種嚴肅的悲愴感。

[15] 王德威，〈壞孩子黃錦樹〉，《由島至島 Dari Pulau Ke Pulau》，頁 29。

[16] 黃錦樹和吳龍川在一次對談中說了這番話：「〈阿拉的旨意〉其實寫的華人為生存簽下了同化的魔鬼契約吧。也是我們眼前的現實。我同意你的看法，每一種文化都可以讓人安身立命，華人在美國及其他強勢文化的國度均如此，一如帝國時代在華外族的漢化。能接受漢化就該接受胡化。十九世紀前的南洋華人即是如此，融於當地文化，沒甚麼不好。那是類似於自然狀況下的生存適應。但現代民族國家的做法卻非常惡劣。我對國籍或種族並不偏執，只是不喜歡被迫馴服於甚麼。生物學家說，人，每個個體不過是偶然載負基因的載具，在物種基因史上往往不具重要性（除非你的基因有重大變異，而且該變異有助於抵抗某種致命疫病）。唯一有意義的部分大概是文化上的，那是歷史選擇了我們（哲學家說的「被拋的存在」。大師留名於文明的碑石，我們大概刻於牆磚的底部），即使是小水溝般的馬華文學史。（開個玩笑：在小水溝，五吋長的魚就算很大條了。）」，《星洲日報・文藝春秋》。http://www.sinchew.com.my/node/67293。

露了個人、族群與國家之間的「抉擇」與「犧牲」的命題。在取捨之間所產生的悔恨，實際上打開了創作者、詮釋者與讀者對話的通道。小說通過「我」的自白書，敘述一個原來擁護「無產階級革命」、「為弱小人民服務」[17]主張的華人左翼青年，在一九五七年十月二日這一天，為了逃離叛國罪名的死亡刑罰，接受了幼時玩伴馬來朋友「端」（馬來語為 tuan，「先生」的尊稱）的建議──「從唐入番」。這之後，「我」被秘密遣送到一個小島，以「馬來人」身分開始新生活，奉行真主阿拉的旨意，在島上終其一生。一九五七年是馬來亞獨立的時期，也是「我」必須在新成立的「國家」以及個人「革命主義」、聯繫家族血緣紐帶的「祖宗」之間做出重要抉擇。然而，在建國之始，「我」並沒有「一以貫之」貫徹他的「理想革命」，也沒有誓死捍衛自己的華人根源（語言、文化、身分），相反的，「我」認同了「端」所建議的保命「逃離路線」與「身分改造」，決心成為一個徹底的「阿拉的聖徒」，簽下了以下魔鬼的契約：

> [1]免你一死，條件是此後必須以新的身分在新的環境下生活，並且接受給予的任何安排。賜名文西・鴨都拉（Munsyi Abdullah）。
>
> [2]永遠不許和受刑前的親友聯絡，不論是在怎樣情況下，也不論世局如何轉變。
>
> [3]即使將來有了妻子兒女，也不許向他們透露你真實

---

[17] 黃錦樹，〈阿拉的旨意〉，《由島至島 Dari Pulau Ke Pulau》，頁 96。

的過去。有關當局會給你安排一個合理、適用的過去。務必背誦熟讀之。舊的身分永遠撤除，當作昔日已死。

[4]永遠不再使用及傳授中文，說中國話——即使是自言自語。

[5]儘快改信回教。在島上娶妻生子，開荒墾植。

[6]除非島嶼沉沒，或者有關當局有另外安排，否則一直到死為止都不許離開規定居住的島嶼。[18]

「我」在抵達島上之後，進行了割禮、皈依真主、戴上宋谷、娶了馬來少女，生育了不少孩子。甚至成為回教導師，被委任建造回教堂的重任。但是「我」在外表上雖然是阿拉的聖徒，謹記要「洗心革面，服務群眾，重新做人」，卻無法如願成為徹底的馬來人，歸其咎還是那無法清洗的支那人血統。「我」開始思索「文化換血」抉擇的正確性，隱藏的支那人身分不斷在蠢動。回想從一開始「不得已」情況下「文化換血」的選擇，「我一再的反省自己當初為什麼選擇活著而非乾脆投海一死——是貪生怕死，還是為保存一絲「火種」，做最後的掙扎？是對實驗本身也感到好奇？而今，我卻感到莫名的畏懼」，[19]而「另一個自我頑抗著」，面對自我與他者的張力與拉扯，「我」只靠讓妻子懷孕來證明他對阿拉旨意的效忠。繁衍後代是阿拉不可違抗的旨意。

在馬來西亞，「馬來人」[20]是一個「政治身分」，它的定義常受

[18] 黃錦樹，〈阿拉的旨意〉，《由島至島 Dari Pulau Ke Pulau》，頁 90。

[19] 黃錦樹，〈阿拉的旨意〉，《由島至島 Dari Pulau Ke Pulau》，頁 102-103。

[20] 「馬來人」（melayu）的字眼早已出現在七世紀的室利佛逝王國。到了十五

到政治動向與歷史證據互動的影響。[21]而「伊斯蘭教」是此身分建構的合法性基礎，隨之還須依循一套繁複的宗教儀式與習俗。依據馬來西亞憲法第 3 條之一：伊斯蘭教為聯邦的國教，唯其他宗教可以在安寧與和諧中在聯邦任何地方奉行，這表明非馬來人仍具有宗教自由信仰。憲法第 160 條文則寫道：馬來人必須信仰伊斯蘭教、習慣說馬來語，奉行馬來傳統習俗。在一九五〇年代獨立之前，「馬來人」原本具有複雜的文化混雜形態與對國家的想像；馬來亞獨立後，多元差異的馬來民族主義與意識形態，在國家權力統合與歷史建構的權威支持之下，漸趨形成一種具排他性的狹隘「馬來主義」，不但受到憲法法律權益的保障，也享有政權與資源分配上的特權。

今日馬來西亞的「馬來人」，已統合在馬來主義與馬來民族意識形態底下，成為可辨識的「族群共同體」。當馬來人不斷從土地

世紀，該王國遺族逃至馬來半島，在馬六甲建立了馬來王朝。那時的「馬來人」稱謂具有排他性，藉以區別印度尼西亞馬來世界的馬來人。而在殖民地時期，說馬來話，信奉回教的馬來人便和非馬來人區隔開來。之後，馬來人即指「在習慣上說馬來語、信奉伊斯蘭教，以及實行馬來習俗。目前的憲法仍依據殖民地時的做法，把語言、宗教與習俗文化作為「馬來人」的身分判準。詳論見林開忠，〈國家・文化——重新評價馬來西亞國家文化與國家認同〉，祝家華、潘永強主編《馬來西亞國家與社會的再造》(馬來西亞：新紀元學院、南方學院和吉隆坡暨雪蘭莪中華大會堂聯合出版， 2007)，頁 373。

[21] Eonard Y. Andaya, “The Search for the ‘Origins’ of Melayu” ,Timothy P. Barnard edited, *Contesting Malayness ——Malay Identity Across Boundaries*, Singapore : NUS, 2004, p.72.

根源的歷史詮釋來強化「原居民」的身分時，華人便成為許多馬來人眼中的「外來者」（pendatang，馬來語），一如〈阿拉的旨意〉中被指責的「唐人」、「支那人」，過去的罪證無法消滅，而必須承擔的「原罪律法」是——「我父母來自於中國南方的一座小島」。這導致「中國南方—馬來亞—小島」，dari pulau ke pulau，島之遷移，演變成一則身分與語言逐漸失落的故事隱喻。

> 三十年來不說中國話、不寫中國字、不看中國字：說馬來語、教馬來文，不吃豬肉，吃馬來菜，娶馬來妹，生馬來囝。可是心中那一點支那之火，仍無法熄滅。[22]

小說中的敘事行動，透露了某種「犧牲」以及抉擇背後產生的悔恨，混雜著莫名的罪惡感。「從唐入番」的選項結構是被安排的，「我」在一種「非自主性的自主」的決定下，決定了一種「容忍原則」以及預設了可恢復的「價值喪失」替代方式。「個體生命」是「文化保種」的前提，當生命面對大威脅時，為了讓個體生命能存活下來，不得不接受「文化」、「身分」與「語言」的暫且的犧牲。「價值喪失」替代方式，唯有靠銘刻圖案或圖象，或是重新練字，把符號轉化為文化紐帶。可是若刻漢字被識破，就得違約，所以「我」後來刻上「一隻扭曲的豬」和「牛」（諧音如劉）。

> 我想起古漢字都是象形的，然而我並不識篆文，只能憑想像而會意，刻一些圖案或圖象，並不算違約。[23]

---

[22] 黃錦樹，〈阿拉的旨意〉，《由島至島 Dari Pulau Ke Pulau》，頁 101。

[23] 黃錦樹，〈阿拉的旨意〉，《由島至島 Dari Pulau Ke Pulau》，頁 103。

> 每條新聞讀兩次。第二次試著在腦中把它翻譯成中文，卻常常找不到對應的字。天啊，我急切的需要一部中文字典，哪怕只是小學生用的也好。[24]

在另一篇小說〈開往中國的慢船〉，小說中的人物鐵牛，雖然皈依伊斯蘭教，易名為鴨都拉，心中始終期待回「唐山」，等待那開往中國的慢船。鑒於此，在一己生命與族群生命之間，只能暫且抹去外在的界限區隔，以內在的界限作為自我族群生命延續的支援點。至於「阿拉的旨意」中的鴨都拉，從「死刑—獲救—遣送到小島—成為馬來人—洗心革面—阿拉的聖徒」，這樣生命敘事預設了個人、族群與國家三者的難題。「我」始終是「族民」，不是「國民」；而改信伊斯蘭教，向真主阿拉宣誓，不一定會獲得馬來社群的認同，因為伊斯蘭教徒的稱謂是建立在對阿拉的順從與信奉，而馬來人的界定卻是族群血緣與文化。為保存生命而做出文化與身分上的「犧牲」，不僅在於身分的改變、有限的自由，另一方面，卻享有政府對特定族群所給予的特權，例如「我」的子女獲州政府頒發優渥的獎學金等。

三、個體生存與集體信仰：〈國北邊陲〉

黎紫書的〈國北邊陲〉同樣牽涉「生存慾望」的描述，但有別於〈阿拉的旨意〉中的抉擇與犧牲的命題，〈國北邊陲〉採取了繁

---

[24] 黃錦樹，〈阿拉的旨意〉，《由島至島 Dari Pulau Ke Pulau》，頁 105。

複細密的筆調，漸次的揭示家族記憶與身世，許多關聯性的線索如鑰匙、筆記本、遺書、地圖、《本草綱目》、《中華生草圖》等，指認著敘事的座標。小說以一種莖粗葉密的「龍舌莧」的家族秘傳圖騰為隱喻，揭示了有關「尋找」家族根源的行動命題。小說中充滿「尋找」與「訣別」，「個體」與「集體」的對應話語，強烈的身體感受語言，推進了故事過程與結果。〈國北邊陲〉向來被論者解讀為一則後移民情境中華族生存與尋根的隱喻，小說中「你」的家族因不小心侵犯了馬來貘，從此被詛咒，家族中的男子若無法服食龍舌莧，恐有絕嗣之患——「除非覓得龍舌莧，否則世代子孫命不過三十」。[25]「你」背負著家族宿命，試圖尋找龍舌莧，重建家族的「共同信仰」，對抗家族中人對東卡阿里（Tongkat Ali）的「集體迷信」，「在這一大片對東卡阿里的集體朝拜和皈依中，只有你像一個苦修的行者，從肉欲的熬煉中超脫」。[26]於是「你」選擇放棄融入集體意識，走向尋找個體自我的生命實現。唯有尋獲龍舌莧，才能解除家族的死亡詛咒，不停留在三十歲的生命界限，「但你挖得越深，愈漸看清楚那裡面只有深陷的空洞和虛幻；裡頭深不見底，唯有你對生存的慾望，蚯蚓似的蠢蠢欲動。」[27]

小說中的龍舌莧與東卡阿里是華／巫的身分隱喻。在馬來人生活習俗裡，東卡阿里是屬於壯陽藥或補藥，一般是男性的剛強的性能力象徵。雖然也有摻入了東卡阿里草藥的三合一咖啡粉，或是製造成

---

[25] 黎紫書，〈國北邊陲〉，《菩薩蠻》（台北：麥田出版社，2011），頁 21。

[26] 黎紫書，〈國北邊陲〉，《菩薩蠻》，頁 30。

[27] 黎紫書，〈國北邊陲〉，《菩薩蠻》，頁 38。

東卡阿里的美容霜，東卡阿里用途多元化，可轉化成提神、健身與美容的聖品，但它作為情慾的投射仍然是大多數人的想像主體。當「你」從父親遺書中得知有個從未見面的哥哥，展開尋親之旅後，才發現已歸化為馬來人的哥哥，不但從「觀鴻」改名為「漢姆沙」，擁有「三個老婆八個孩子」，家中販賣的正是能增強性能力的獨家秘製的東卡阿里藥膏。那天造訪「你」沒有見到「哥哥」，可是在幾個月後，竟然在回教堂附近的火車站不期而遇，兩人即熟悉又陌生，「始終沒有說出對方的名字」。這一幕被解讀為「華巫毋須辨識或不能辨認」。[28]

小說中「從唐入番」的例子，是改造成為馬來人的成功案例。「漢姆沙」幼時皮膚黝黑，加上原本領養的華人家庭嫌他命格不好，轉送給馬來人家。他過著馬來人的生活，也是虔誠的回教徒，去過麥加朝聖，與〈阿拉的旨意〉的「我」無法到麥加朝聖，無法做阿拉真主真正的信徒，形成強烈的對比，彷彿應驗了〈阿拉的旨意〉中「我」的母親所說的一番話：「唐人就是唐人，番仔就是番仔，可以一起玩，一起念書，可是唐人不能變成番仔，番仔也不能變成唐人。除非番仔從小給唐人收養，或唐人自細給番仔收養」。[29]可見改變身分歸屬，不只是需要經過法律的承認，而是必須驗證長期以來以馬來人的生活方式被教育及成長。至於歸化伊斯蘭教，只是消除罪的詛咒的起點而已。

---

[28] 高嘉謙，〈一則大馬華族的身體寓言〉，《別再提起》，頁264。

[29] 黃錦樹，〈阿拉的旨意〉，《由島至島 Dari Pulau Ke Pulau》，頁94。

> 處在他們的圍伺中，你忽然省悟自己原來是一個陌生的來客，在這國境的邊陲，在這鐵道無可延伸之處，你終究只是一個背負家族遺書的流浪漢，無父無母無親無故；無來由無歸處。尋找哥哥就如同尋找龍舌莧一樣，按圖索驥，只為了追尋祖輩埋在叢林某處的寶藏。但你挖掘得越深，愈漸看清楚那裡面只有深陷的空洞和虛幻；裡頭深不見底，唯有你對生存的欲望，蚯蚓似的蠢蠢蠕動。[30]

「你」的家族指涉了華族生存處境，龍舌莧是能確保華族子嗣永續的隱喻。而「東革阿里」是馬來人的「聖物」，也是漢姆沙的救星。歸化伊斯蘭教的漢姆沙受到真主阿拉的保佑，賜下東革阿里來養活他們一家，馬來少婦堅信「現在漢姆沙在替真主做事，他賺來的每一分錢都是真主阿拉的意旨」。[31]這樣的一種信念，也影響著現代回教徒對於創造財富的看法，認為貧窮也是促成伊斯蘭教無法復興原因之一。馬哈迪在一九九〇年代意圖打造「新馬來人」論述，就提出應該重視「現世」甚於「來世」，強調可以內在精神的驅動力與責任，追逐物質成就，但這非出自私己目的，而是為了促成伊斯蘭教的成就以及榮耀阿拉，例如《可蘭經》第 62 章「聚禮（主麻）」（11）載：「你們信仰真主與使者，你們以自己的財產和生命，為真主而奮鬥，那對於你們是更好的，如果你們知道」，[32]人們應當實踐阿拉給予人們在現世奮鬥的考驗。

---

[30] 黎紫書，〈國北邊陲〉，《菩薩蠻》，頁 38。

[31] 黃錦樹，〈阿拉的旨意〉，《由島至島 Dari Pulau Ke Pulau》，頁 38。

[32] 《中文譯解古蘭經》（聖城麥地納版），法赫德國王古蘭經印製廠，頁 552。

四、宗教的自然律法：〈別再提起〉

如果說「從唐入番」揭示的是族群血緣論與文化抉擇的問題，賀淑芳的〈別再提起〉更尖銳性把「改信宗教」與「屍體歸屬」為敘事主題，從「死亡」後的搶屍與談判來鋪展情節。小說中的死者身分名字上寫著「敏阿都拉」，被認為是皈依伊斯蘭教的名字，宗教局便有權要求葬禮必須按照伊斯蘭教法來處理。小說篇幅很短，卻牽涉了華人喪家、宗教局、華人議員、當地員警與衛生官員多方的角力。當中的角力不只在於屍體，或非伊斯蘭教徒能否辦理回教葬禮，關鍵更是伊斯蘭教法中的財產繼承問題。由於死者是伊斯蘭教徒，他的非伊斯蘭教徒的妻子不能繼承遺產。小說有意留下改信伊斯蘭教的疑問，只通過敘述者父親的視角，隱然指向原因不在「信仰認同」而在「利益考量」：

> 誰教華人這樣貪小便宜，要申請廉價屋呀、德士利申呀，統統以為姓敏阿都拉就好辦事。有什麼冬瓜豆腐，用白布一包就去了。[33]

在馬來西亞，華人或印度人改信伊斯蘭教，取得馬來名字後申請買房、設立公司或買賣土地等是平常事。所謂的土著權益，在教育、經濟與教育資源分配都得到特定數額或名額的保障，由此形成「馬來霸權主義」（Malay－dominated hegemony）。黃錦樹〈我的朋

---

[33] 賀淑芳，〈別再提起〉，《迷宮毯子》（台北：寶瓶文化出版社，2012），頁256。

友鴨都拉〉裡的鴨都拉，也是一個為了現實利益歸化回教的人物，但鴨都拉偷偷吃豬肉，過的是「偽伊斯蘭教徒」的身分。論者一般認為〈我的朋友鴨都拉〉是〈別再提起〉的前傳，〈我的朋友鴨都拉〉結局安排了鴨都拉的葬禮，道士敲鑼打鼓熟悉的現場，棺木裡沒有屍體，因為鴨都拉的屍體早已被搶走——「不由分說掀開蓋子用白布裹了就走——而且還有軍警陪同——用軍車運走」。[34]小說宛如「預言」，預告宗教間的衝突、矛盾以及神權介入家庭的荒謬劇。〈別再提起〉或〈我的朋友鴨都拉〉所描寫過著偽伊斯蘭教徒的生活方式，並沒有影響伊斯蘭教徒身分的合法性。

在馬來西亞現實社會，伊斯蘭宗教局「搶屍」也不是新鮮事，尤其在二〇〇五年開始，一連發生好幾件引發社會熱切關注的搶屍事件。[35]有關「改信伊斯蘭教」，馬來西亞律師公會前主席拉惹阿

---

[34] 黃錦樹，〈我的朋友鴨都拉〉，《土與火》（台北：麥田出版社，2005），頁76。

[35] 二〇〇五年，發生已故征服珠穆朗瑪峰的國家登山英雄慕迪（M. Moorthy）的遺體爭議。身為陸軍的慕迪逝世後，宗教事務局告知其妻子，慕迪已在逝世前改信伊斯蘭教，所以他的遺體必須按伊斯蘭教法來埋葬，但妻子堅持丈夫仍是虔誠的興都徒，決定通過法律途徑上訴，但最後卻敗訴。二〇〇七年，二十九歲的麗華蒂．瑪蘇賽（Revathi Masoosai）（或名西蒂法迪瑪，Siti Fatimah）與丈夫蘇烈西．威拉班（S. Veerapan）及十五個月大的女兒被馬六甲宗教官員強行拆散。原因在於麗華蒂的父母是伊斯蘭教徒，她的祖母以興都教徒方式將她撫養成人，而她與興都教徒結婚。麗華蒂不只被迫與年幼的女兒分開，甚至被送到宗教改造中心一百天。二〇〇八年七十五歲顏榮伍遺體被搶事件，同樣引發輿論關注，顏榮伍家屬為尋求公平正義，甚至開設網站來抗爭。

茲（Raja Aziz Addruse）曾指說，《聯邦憲法》第 11 條款賦予公民宗教信仰自由，不是只有非伊斯蘭教徒享有這項憲賦權利，換言之，「改信伊斯蘭教」並非只關乎伊斯蘭教徒的權利。也有不少伊斯蘭教徒後來改信基督教或佛教，卻遭到宗教局拒絕在他／她身分證上修改其宗教地位的爭議，最後只能通過法律途徑來尋求宗教正義。〈別再提起〉中宗教局人來搶屍時，同樣以公文所具的法律效力為證明，小說中提出控訴說：「法律抱的是死人的卵葩，就是沒顧到人的活心」。[36]況且若已改信伊斯蘭教，其非伊斯蘭教徒的妻子不能繼承他的遺產。

〈別再提起〉中的「我」是本文論述三篇重要小說中最具有說故事（或發聲）慾望的一篇。「我」述說過去的回憶、「爸爸」隨時的插話、外婆的發言、舅母的控訴、法醫學家、宗教師、社會學家與民俗學家辯論，驗屍醫生的說明，以及亡靈有話想說卻說不得，只好通過排泄物來「發聲」，宛如眾聲喧嘩的舞台。尤其小說中以一種超現實的描繪手法，讓人的「糞便」從「一團團」、「一截截」到最後變像「噴灑的半液物體」出現在眾人眼前：

> 我假如還是個小孩的話，你一定不會相信我的話。可是我現在長大了，而且正在白紙黑字地寫下來，你最好相信：那具屍體即我的舅父，他開始大便了。糞便從屍體的下體開始湧出。到底從褲管湧出來，還是從褲頭湧出來，這點我並不清楚。我只知道隨著員警、哈芝、外婆和我舅

---

[36] 賀淑芳，〈別再提起〉，《迷宮毯子》，頁 255。

母的拉扯，糞便先是一團團，然後一截截的掉在地上和棺材裡，糞便的味道瀰漫整個殮房。[37]

若將以上糞便湧出的形容，轉喻為人的說話口吻，亦覺貼切，予人說話的「迫切感」與「速度感」。「屍體大便」是一種敘事行動隱喻，它的降臨有一種驚惕作用，似在傳達、提醒對逝者大體的尊重。

前面的人開始後退。每個人開始往後退，是因為他們見到糞便開始從一截截，變成像稀粥一樣噴灑的半液體物，這種半液體物飛濺的範圍無疑比一截一截的糞便更廣。糞便飛濺在哈芝的手上，也飛濺在喃嘸佬的道袍上、員警的制服上、林議員的皮鞋上、攝影機的鏡頭上、舅母的衣襬上以及外婆的腳上，是糞便的降臨使他們驚醒。[38]

由於「舅母」抗議說：「這堆糞便是由兩個信奉道教的女人煮出來的三餐所變成的」，宗教局只好同意讓糞便埋在家屬原來的墳墓。「糞便」遂成為與家族唯一的聯繫及「產權」所有，也是自我權益最低限度的堅持與爭取。〈別再提起〉的敘事風格展現了一種「記憶的邏輯」，「我」是經由現在的敘述立場，重新排列過去的記憶，形成過去與現在體驗時間的交叉與重疊。過去的童年記憶包含著今天的經驗意識，如小說家所述：「這是一個成年人處理他童年回憶的方法」[39]。「我」以二十年後的時間，開始講述過去的記

---

[37] 賀淑芳，〈別再提起〉，《迷宮毯子》，頁259。

[38] 賀淑芳，〈別再提起〉，《迷宮毯子》，頁260。

[39] 賀淑芳，〈別再提起〉，《迷宮毯子》，頁254。

憶，同時在小說中不時插話，穿梭於「八年後」、「十年後」、「二十年後」多層次的時間敘述，或為補充，或為印證某件事情。這不但強化了敘事功能，形成小說中喧嘩多元的聲音；荒誕不經的語言，更強化了隱喻象徵的行動意義，例如在喧鬧中四濺的糞便。

五、結語

小說不是評論，但「說故事」這回事，往往具有一種「指認」的隱喻內涵。馬哈迪時代是伊斯蘭教復興的年代，〈阿拉的旨意〉、〈國北邊陲〉與〈別再提起〉雖然都涉及了「改信宗教」的內容，但「族群消散」、「文化劫數」或才是小說關懷的核心，意圖揭示華族的生存境況與族群命運的箝制。馬來西亞華人對伊斯蘭教化的警惕，不在於宗教本身，而是「伊斯蘭化」相等於「馬來化」的觀念。一旦馬來化以後，就會喪失人的身分特徵。[40]但「聽故事者」往往捕捉的是小說的「弦外之音」，無論是為生存而選擇身分改造，不斷得忍受文化背叛與悔恨的自責感；或從小被歸化伊斯蘭教，自然的處在馬來人社群的集體生活與信仰；還是通過自我身體的排便來抗議爭屍體的爭奪，都指向宗教律法深刻滲透在伊斯蘭教徒與非伊斯蘭教徒的日常生活。對於歸化伊斯蘭教後受質疑的「血緣論」，也促成是否擁有「純淨馬來人」（pure Melayu）的思考。傳

[40] 潘寶玲，〈馬來西亞回教化對本土華裔的影響〉，潘永強、魏月萍主編《民間評論・走進回教政治》（吉隆坡：大將出版社，2004），頁 74。

統馬來民族主義通過族群血緣、語言、宗教和歷史神話，來建構「馬來人」的神聖地位。而某些華人把「馬來人」的身分「工具化」，成為一種牟利的手段，結果形成「夾心身分」，容易落入兩邊皆非的窘境。若深層思考，所謂的「血緣」的正統與非正統，不僅表現在馬華小說中的華巫關係，甚至是在華人和原住民之間，在國家族群結構底下相當弱勢的兩個群體，也可能出現以血緣或文化優越來達到自我主體的確認。最顯著的例子是李永平的〈拉子婦〉，小說中透露對「拉子」婦女的族裔與性別的雙重壓迫，她所生下的孩子被嘲諷為「半唐半拉的雜種子」，[41]展現華人對擁有唐人正統血緣，作為「純淨的華人」（pure Chinese）的自豪感。

小說家不是評論員，〈阿拉的旨意〉的「簽約」、〈國北邊陲〉的「尋找」以及〈別再提起〉的「排便」都是一種行動修辭語言，以敘述者為「虛擬作者」，直接控訴了國家機器為特定族群成為馬來人集體容忍的「必要之惡」，皆因「依斯蘭被馬來族群用來作為對少數族群霸權領導的工具化」。[42]然而雖然「敘事學把敘事文本看作是人類的一種敘事行為，它要尋找的是在敘事行為中所體現出來的人類的普遍性和整體性」，[43]我更在意的是，敘事語言所表現出的行動意識，如何轉化小說的敘事場域為文字公共領域，提供一種對話的聯絡，彰顯文學的公民性。無論是通過敘事或文學討論，

---

[41] 《迌迌：李永平自選集》（台北：麥田出版社，2003），頁 59。

[42] Jeff Haynes, *Religion in Third World Politics*, Colorado : Lynne Rienne, 1994, p.93.

[43] 南志剛，《敘述的狂歡和審美的變異——敘事與中國當代先鋒小說》（北京：華夏出版社，2006），頁 59。

小說的私人性經驗可轉化為對話的契機與社會公共議題產生聯繫，開拓出文學公共領域的討論場域。

† 本文曾宣讀於「第五屆文學傳播與接受學術研討會」，2012 年 5 月。修訂於 2018 年 12 月。

文學・共同圈・公共話語
——馬華文學公民（性）實踐理論芻議

一、為何「馬華文學」？

過去在討論公共性問題時，我曾經試圖追溯「公共性」意識與華人文化之間的關係，想要了解彼此是否存在一定的關聯性。心中的困惑是：為什麼華人社會的公共意識薄弱？在華人社會難以發展出「領域觀」以及「公共生活圈」的觀念，甚至是一種「共生」的生活理念？「公共」不只意味著共同或公開的意思，它的現代意義在於一種公眾性的參與，經由不同意見的折衝、協調與整合形成的公共論述。換句話說，這個「公共圈」的形成是以共同體認的價值作為規範的運作原則，比如理性、平等、自由、開放、人權等。把這些問題放到文學領域來加以拷問，同樣能藉由疑惑來打開問題的討論視野，但為什麼是馬華文學？

如果嘗試整理這二十年間馬華文學的論爭，從斷奶、中國性、典律、本土性以及文字正統與混雜性等問題，不只從中可以建構馬華社會的文化意識，甚至可以洞察其內在精神（或情緒）結構與思想意識。馬華文學內部，面對不同文學流派或意識形態的碰撞，以及經過學術化的分析，已逐漸累積豐厚的論述資源。但馬華文學內部仍存在深刻的創傷，國家的文化暴力形成深層「被拋棄」的悲愴感。黃錦樹「無國籍文學」的提出，不傾向於「有國籍」的文學論述，亦是有意擺脫國家的疆界對文學所造成的困擾與束縛。此外，現實派與現代派，旅台和在地，[1]西馬和東馬，[2]爭論與張力永恆存在。表面看來，爭論乃圍繞著文學問題或差異的美學選擇，實際上背後糾葛的是在文學（論述）生產的歷史文化脈絡中所衍生的各種複雜問題。例如：如何理解不同位置的文學身分、馬華文學內部的「他者」、所謂的離散和在地？文學生產的客觀條件又如何支持著

[1] 筆者曾經在〈我不在家國——馬華文學公民身分建構的可能〉一文，試圖探討已故本地作家陳雪風的在地觀點以及對旅台文學的思維方式，了解在世界秩序急遽改變的年代，人與事物頻繁跨國、流動，作家如何看待自我的身分位置，包括文學身分或政治身分、對家國的想像、對土地與原鄉情結，早已改變原來的思考與提問方式。倘若無法了解彼此對「國籍」與「文學身分」、「空間」與「身分」之間認知的基準，恐產生一種本質性的地方主義。

[2] 「砂華文學」有其獨特的內在精神與文學形態。歷史因素使然，不少東馬作家抗議「馬來西亞」的國家形式。六〇年代「大馬計畫」的合併，不少東馬人在合併中感受淪為二等公民的屈辱感與創傷感，以致對「馬來西亞」認同薄弱。東馬作家對「地方」的依存感寄托著濃厚的「鄉土」意識，這個鄉土可以指向砂拉越，又或婆羅洲。

文學創作與論述？作家或作品本身的信仰與觀念產生的理論依據是什麼？

九〇年代起馬華文學的論述集中於中國性、國家文學、文學史和典律問題，引入了有關華人性、跨語書寫、複系統、現代性暴力與創傷等的理論視角，[3]其實也和馬華文化關懷的問題一脈相成，比如文化的表演性、儀式性、華人的主體性、邊緣馬華文化以及文學傳統等議題。旅台與在地的學者，鑒於不同的批評位置，因而採取不同的理論與文學論述策略。兩千年以後，馬華文學逐漸成為「離散文學」[4]（diaspora literature）與「華語語系文學」（sinophone literature）重要的分析對象。這裡不展開討論離散與華語語系在馬

---

[3] 有關這方面的論述，可參考黃錦樹，《馬華文學：內在中國、語言與文學史》（吉隆坡：華社資料研究中心，1996）、黃錦樹，《馬華文學與中國性》（台北：元尊文化，1999）、張永修、張光達、林春美主編《辣味馬華文學——90 年代馬華文學爭論性課題文選》（吉隆坡：雪蘭莪中華大會堂，2002）、張錦忠《南洋論述：馬華文學與文化屬性》(台北：麥田出版社，2003）、莊華興《國家文學：宰制與回應》（吉隆坡：興安會館、大將出版社，2006）、張錦忠編，《重寫馬華文學史論文集》（南投：暨南大學東南亞研究中心，2004）、鍾怡雯，《馬華文學史與浪漫傳統》（台北：萬卷樓出版社，2009）。

[4] 莊華興認為馬華文學不屬於離散文學，不能屈服於離散與流寓的宿命，甚至是把「文學的跨國流動／流寓純粹是一種偽裝的姿態」，莊華興，《國家文學：宰制與回應》，〈代自序：國家文學體制與馬華文學主體建構〉，頁17。

華文學的接受與傳播過程，[5]我所關心的是，這些文學理論分析視野究竟勾勒出怎樣的問題意識，提供怎樣的詮釋視域等。「離散」（diaspora）的原始意義起源於猶太與非洲人「被迫遷離」而無法「返鄉」的經驗。離散者成為失去原鄉和失去語言的人。但「離散」的定義在全球化時代逐漸變化，人頻繁的跨國與流動，游走於不同的國境，離散的意義顯得更為多元。離散可作為一種歷史狀態的描述，亦可作為某種飄泊心境的屬性，甚至轉化為具批判性的文化生產空間。李有成曾指出，環繞著離散所開展的觀念如越界、民族主義、家園、國族國家、文化認同、種族性、公民權、混雜等，使當代文學與文化理論更具啟發意義；[6]與此同時，離散提供一個審視原鄉的距離，兩邊或多邊的思考位置，可開拓出阿巴杜萊（Arjun Appadurai）所說的「離散公共領域」（diasporic public spheres）。[7]

「離散公共領域」思考的是如何超越國界及民族國家框架，同時提供大規模的移民或旅居在外的離散者，一個可集結力量以及打破體制權力爭取自我權利和資格的空間。它宣判民族國家的政治形

---

[5] 有興趣者可參張錦忠，〈華語語系文學：一個學科話語的播散與接受〉，陳榮強，〈華語語系研究：海外華人與離散華人之感思〉，《中國現代文學》第二十二期，2012 年 12 月。

[6] 李有成，〈緒論：離散與家國想像〉，李有成、張錦忠主編《離散與家國想像》（台北：允晨文化出版社，2010），頁 26。

[7] 其他論述亦可參阿巴杜萊（Arjun Appadurai）著，鄭義愷譯，《消失的現代性》，（台北：群學出版社，2009）、Arjun Appadurai, *The Future as Cultural Fact: Essays on The Global Condition*, London: Verso, 2013.

式已處於垂死掙扎，取而代之的是如 Peter J. Spiro 的「後國家」觀念。它意指「越過國家」，拒絕國家的存在，稀釋以國家為基礎的認同，以能促成更多非以國家為聯繫基礎的共同體。[8]另外，John Hoffman 則主張「摒棄」國家，即意味著「去國」，以能建立一個「超越國家的公民身分」。[9]但無論是去國或超越，都主張全球性的介入與聯盟形式，而這形式需要一個虛擬的場域來產生觀念與批評力量，之後再讓觀念和場域中的社會聯繫力量回流至實際的社區領域。如此而言，離散可形塑一個批判空間，成為文化語境的生產者。不僅如此，離散中流離經驗的相互參照，實際上保留著「他者」的意識，對於異己具有同情的理解，利於創造積極對話的空間。

如果「離散」針對的是「跨國」的特徵，華語語系對馬華文學而言又意味著什麼？參照史書美對華語語系的定義，她認為：在中國境內，它否定以漢語系為中心的霸權地位，重視不同地方少數族群的語言實踐的權利；在中國境外，不同華人社群的異質華語特色可自成一個相互理解的「文學語言共同體」，共同抗衡以漢語作為

---

[8] Peter J. Spiro, "Dual Citizenship: A Postnational View", Edited by Thomas Faist and Peter Kivisto, *Dual Citizenship in Global Perspective : From Unitary to Multiple Citizenship*, New York : Palgrave, 2007. pp.190-191.

[9] John Hoffman, *Citizenship Beyond the State* , Chapter 8 "Citizenship, Democratic and Emancipation" , London : SAGE Publications, 2004, p.138.

標準華語中心的強大勢力。[10]由此可知，「華語語系」針對的是語言宗主國的「霸權」特徵。史書美的「華語語系」其實也是建立在「反離散」的意義，認為離散理論的局限性乃是以族群或種族為其理論定位。[11]誠然，如我在〈「誰」在乎文學公民權？馬華文學政治身分的論述策略〉一文中曾提及：「『華語語系』的概念，不但為中國（境內）的少數族群的語言提供有利的發展空間，對於離散或遷徙境外的華語社群，也找到語言自主權利的條件。這種『語言離心』的形式，恰恰符合馬華文學所面對的中文與馬來文『雙語言霸權』的困境，可以轉向從『中國周邊的華語語境看馬華文學』。不但如此，『華語語系』注重異質性與地方性，也可以用以解釋『中國大陸」以外的文化生產，像有關對『中國』、『華人』、『華人性』的理解。可是對於馬華文學而言，到底要如何處理『華語語系』所強調的『地方』或地域特色？換言之，馬華文學中的華語性問題，倘若不回到以『馬華』為名的場域空間，要如何彰顯它的異質與混雜特色？另外，以『華語語系文學』作為『想像共同體』，是否須警惕對『中華性』的重新召喚，從而須對馬華文學的

[10] Shi Shumei, "Introduction", *Visuality and Identity : Sinophone Articulations Across The Pacific.* Berkeley, California. : University of California Press, 2007, p.4.

[11] Shi Shumei, "Against Diaspora : The Sinophone as Places of Cultural Production", in Jing Tsu and David Wang edited, *Global Chinese Literature: Critical Essays.* Leiden: Brill, 2010, p.47.

『中華性』、『中國性』、『華人性』[12]再作細緻的區隔？」[13]不但如此，它使馬華文學重新回到「華語」的語境，是否會再度掉入另一種語言認同的政治泥沼，也需要再仔細思考。

扼言之，華語語系文學乃以「華語」作為聯繫的「中介」而非「認同」的對象。其次，注重地域特色並非意謂張揚自我的主體，而是把「互為主體」（inter-subjective）的溝通作為對話的理解前提。「華語語系」中的「華」是一個想像的基礎，提供我們進一步反思「中華性」等問題。但華語語系本身的內涵也不斷在擴大，王德威也是華語語系的積極提倡者，他和史書美的最大差別，是在於要不要把「大陸中國文學包含進來」。此外，王德威曾經在一場演講，以「華語語系的人文視野與新加坡的經驗：十個關鍵詞」[14]為演講題目，把華語語系的媒介，從文學擴展至華文報、華校、華人

[12] 澳洲學者洪美恩（Ien Ang）曾指說，「華人性」並非是對自然現實的單純反映，反之它乃維繫於個人的知識與經驗，包括對世界的理解，這一些都將影響對自身華人性的辨識與建構。Ien Ang, “Can One Say No to Chinesenees : Pushing The limits of the Diasporic Paradigm”, *On not Speaking Chinese : Living between Asia and The West*, London and New York : Routledge, 2001, p.39.

[13] 〈「誰」在乎文學公民權？馬華文學政治身分的論述策略〉，《台北大學中文學報》第 18 期，2015 年 9 月，頁 88。

[14] 這十個關鍵詞是：（1）《叻報》（薛有禮、葉季允）、（2） 儒教（林文慶）、（3）漢詩（邱菽園）、（4）《新華百年史》（宋旺相）、（5）南洋大學（陳六使）、（6） 南洋華人文學（方修）、（7） 多語劇場（郭寶崑）、（8） 越界創作（陳瑞獻、英培安、潘受)、（9） 「孤島遺民」（希尼爾、謝惠平、謝裕民）、（10） 新謠（梁文福）。

文化等。這裡的「華」不再是一種語言屬性，而是文化語境。也有研究者認為，應該拓展華語語系的「跨國連結功能」，為不同華語語系地區提供連結的機會。[15]

如果說離散和華語語系已為馬華文學在這幾年當中，提供了批判性的文學理論視野，進入文學公共領域的討論視野，那「文學公民」的叩問，究竟要揭示哪些問題？它和時下的離散和華語語系理論，如何相互參照？自二〇〇八年始，在以上種種困惑的催促下，陸續撰寫了與「文學公民」相關的系列論文，其中涉及馬華文學的公民身分和公民權、馬華文學的公民性以及文學公民性實踐問題。論述中嘗試挖掘文學文字行動實踐的可能性與現實性；另是希望從文學批評話語及論述中，找尋箝制思維與發言權利的權力控制形態。這樣的一種箝制力量，或是一種本質性的地方主義、國家主義、民族主義等意識形態。唯有理解封閉的基礎和情感根源，才能進一步進入深層次的理解和對話，如 Taylor 所點明，不同的意見唯有「相互對焦」或「相互照面」（mutual orientation），才能形成實質意義的公共領域，履行「開放」與「公共理性」原則。[16]因此如

[15] 詳論請見詹閔旭，〈華語語系的跨國連結：台灣—馬華文學〉，《台灣文史學報》第八十七期，2013 年 5 月。另外，也可參考近期出版的《華語語系研究讀本》— Shu-mei Shih, Chien-hsin Tsai, and Brian Bernards edited, *Sinophone Studies : A Critical Reader*, New York : Columbia University Press, 2013.；張錦忠，《馬來西亞華語語系文學》（吉隆坡：有人出版社，2011）。

[16] 李丁讚，〈導論：市民社會與公共領域在台灣的發展〉，李丁讚主編《公共領域在台灣：困境與契機》（台北：桂冠出版社，2004），頁 9。

何能夠破除「主義式」的意識形態、排他性的思想根源，找到跨越地方、國家、民族的理解框架與對話方式，便至關重要。

離散與華語語系，無論是從離散經驗或語系文化，從「共同體」外部或「內部的異質」進行「連結」，分享與參考彼此的困境、解決難題的方式等，形成了某種集結的力量，但仍有一個有待解決的問題——如何能在不同共同體的連結與碰撞中，體認與建立具有更高對話意義的理念價值？尤其是，不同身分共同體或公民身分如何建立開放與平等的協商機制？相較於離散與華語語系的理論定位在「族群」與「語言」（文化），文學公民則以「公民性」為理念基礎。本文試圖提出「文學公民共同圈」的概念，探索在文學公共領域創造出新的文學社群身分的可能性——「文學公民」（literary citizenship），考究它如何能夠超越狹隘的地方主義和國籍觀念，發展出超越國境的文學公共領域。在國境內外與不同的公民身分建立良好的對話與溝通，並通過公共話語建立批評與對話的理性價值。倘若如此，文學公共話語便可在文學共同圈內外，形成公民社會機制裡的公共資源。

二、公共性與公共領域

在未討論文學公民問題時，有必要先釐清有關公共性和公共領域相互關聯的問題。台灣學者陳弱水曾經指出，華人文化公共性的低落，追根溯源，和淡薄的公民意識有關。他曾以梁啟超的批評為例，說明一般人「公共心的缺失」是和中國傳統思想重私德甚於公德有關。若從傳統中國思想探索公共性行為的概念和價值，尤其是「公」的涵義，可提供現代公共性問題分析和理解的依據。從中國傳統思想可歸納出五種公共性行為：（一）以統治者或政府為「公」的觀念；（二）統治者與知識分子應為公眾謀福利的觀念；（三）人民應為群體大利犧牲小我的觀念；（四）慈善布施的觀念；（五）和睦鄉里的觀念。[17]在這裡扼要討論和本文相關的前三者。

古代經典《詩經》中的「公」原指封建的官署或宗族之義，至春秋末戰國初，已有「一般性事務、公眾事務的意思」；後來「公」具有政治社會性涵義，指向「統治者或政府之事」。由此「公」和公共領域便有所關聯，人們把它和公共事務和政府視為等同義。其次，和公共領域相關的「公」則是指「公共利益或人民的福祉」，如《呂氏春秋・貴公篇》：「昔先王之治天下也，必先公」，[18]但這個概念是為君主所發。陳弱水提醒說，先秦儒家雖不常以「公」來表達公眾的福祉，傳統知識分子的淑世思想和士人文化，卻都與謀求百姓之利和幸福有關。不過，宋儒朱子言「人只有一個公私，天下只有一個正邪」，[19]「公」的意涵不必然和公共領域有關，它是指「一種高層次的價值判斷」，無論是私事或家內之

---

[17] 具體討論，請參考陳弱水，〈關於華人社會文化現代化的幾點省思——以公德問題為主〉（北京：新星出版社，2006），頁48-66。

[18] 《呂氏春秋集釋》（冊上）（北京：中華書局，2010），頁24。

[19] 《朱子語類》卷十三〈學七・力行〉，《朱子全書》（上海：古籍出版社，2002），頁393。

事，只要以正理來處理，便是「公」。這樣的「公」的觀念，就是今日所說的公平或不偏私，是指行事的態度，與事務的性質無關。另外，宋代儒者張載說：「某平生於公勇，於私怯。於公道有義，真是無所惧」，[20]「公勇」是價值判斷，也反映以公眾事務為己任的表現。

以上論述呈現的複雜性是：古代思想中所指陳的「社群福祉」和「公利」概念，和現代的公共性或公民觀念有所差別。第一，以上所指的福祉也發生在私德之內；二、「公」不僅是指某種價值，在現代社會它對社會成員做出遵守公共領域規範的要求。例如梁啟超在「新民說」把「公德」解釋為「獻身群體利益的情操」，後來「愛群之心」也屬於公德；而「群利」則是捨己為群的道德觀。但古代思想中的「公利」和現代「公德」和「公共利益」畢竟是有差別。現代公共道德重視的是個人在日常生活中所遭受的公眾利益，是具體日常生活裡的公共性行為，而非古代思想中較抽象的國家或民族的集體利益的概念。

再轉向參照日本溝口雄三（Yuzo Mizoguchi）對「公」的論說。他曾經提出「作為關係拓展的意象來把握」，認為可以轉化自立的主體和公共之間的關係，藉以拓展人們的公共認知，頗可作為參考。中日雖是屬於漢字文化圈，日語和漢語的「公」不能完全等同，日本在汲取中國思想辭彙概念時，多轉化為日本本土語境的文化脈絡，有其獨特的理解方式。例如論及中國的「公」的意義，相

[20] 《張載集》（北京：中華書局，2008），頁 292。

較於陳弱水的五大分類，溝口雄三則分成三大群。扼要而言，第一群是指向「首領性」，如公家、公門、朝廷或官府等政治性的公；第二群是指共同體性的一面，有共同、公開等社會性的公的意義；第三群是作為中國的公私的獨特性，如含有均平、反利己和偏私、利己的私等倫理性、原理性的公。[21]溝口雄三進一步比較了哈伯馬斯的「公共領域」與「公共空間」的意象，說明它是「離開權力磁場的自由市民的言論空間或權力控制不到的民間領域」。[22]

大致梳理了中日對於「公」或「公私」論說古典與現代意義，接下來將扼要討論學界對「公共領域」（public sphere）的看法。Taylor 不把公共領域看作物理空間，或由某個固定的論壇，而是視其為「後設議題空間」（metatopical space）。簡言之，「領域」的形成，是經由不同的議題討論，在不同的空間進行意見交流而逐漸形成的，換句話說，它是一個「動態的連結」。[23]至於 Jürgen Habermas 對公共領域的定義包含了以下幾點：（一）公共論壇、（二）私人、（三）會合、（四）公共意見或輿論、（五）公共權威、（六）合法性。這當中最重要的是「開放」、「參與」與「平等」的原則。早期哈伯馬斯的公共領域，較集中於「公共輿論」，歐洲十八世紀的沙龍文化是現代輿論的開端，輿論的傳播需要媒體

---

[21] 詳論請參溝口雄三著，鄭靜譯，《中國的公與私・公私》（北京：三聯書店，2011），頁 258。

[22] 溝口雄三著，鄭靜譯，《中國的公與私・公私》，頁 292。

[23] 轉引自李丁讚，〈導論：市民社會與公共領域在台灣的發展〉，《公共領域在台灣：困境與契機》，頁 2。

為中介，所以特別重視新聞媒體與輿論功能。後來哈伯馬斯益發強調公共領域的公共參與和結社方式。哈伯馬斯論述中也提及「文學公共領域」的概念，它作為一個理性批判的社群，在十八世紀的歐洲社會形成新的社會範疇。這個文學公共領域是由咖啡廳、出版業、文化人士以及各種文化展演場所形成的領域。[24]在這領域，作者、讀者和批評者具有平等的關係，並且促進了人們理性溝通的能力，建立有思辨能力的主體。

有趣的是，中日歐脈絡底下的「公」與「公共」問題本不可一概而論，但參照而言，並非不具有某些應合的地方。尤其是在歐洲社會文化脈絡下，強調公共領域是「私人」（個人）會合成公眾的過程，頗有中國思想「公以遂天下之私」的意義。二者對於公私的看法，也存在「背反」或「連續」的關係。如果從現代意義來審視「私」，就能看出它的現代意涵，「私」在啟蒙後的歐洲已具「個體」主體意思，尤其是注重個人權利的維護；反之，中國意義下的「私」，多是如前所說的私己、私欲或私人的意思。而我們始終得面對一個重要問題：公共領域需要社會文化基礎的支持，而社會的「公共人」的形成與公民意識有緊密關聯，錢永祥曾指說：「『公

---

[24] 李丁讚，〈導論：市民社會與公共領域在台灣的發展〉，李丁讚主編《公共領域在台灣：困境與契機》，頁 25。另可參考哈伯馬斯著，曹衛東、王曉玨、劉北城、宋偉杰譯，《公共領域的結構轉型》（台北：聯經出版社，2002）。有關文學公共領域的論說，參頁 67-74。

共領域』和『公民社會』的關係實際上是一體兩面。」[25]

三、文學公民

論及「公民身分」（citizenship），首要先解除其過去一貫的定義，例如把它放到特定的政治權力與政治參與脈絡，強化「選民」作為現代公民的典型化形象。又或依循古希臘時期的「公民身分」概念，建立在「城邦—國家」的基礎上，說明公民具有平等權利與義務，同時可以對這些權利與義務內涵的「接受」或「拒絕」。又或把公民身分最初的權利範圍分為「公民權利」（人身權——個人安全和財產、思想、信仰與結社自由）、「政治權利」（公職的選舉和代表權）與「社會權利」（受教育和享受福利的權利），而這種劃分進一步延伸至文化權利，即公民的文化參與權這部分。不過，一如我在多篇討論文學公民論文中，不時提出全球跨國與人口流動的因素，迫使我們必須重新思考國與國疆界的變化，以及對公民的定義與思考，是否具有更創造性或啟發性的說法。尤其目前在各不同領域當中，公民身分趨向多元化，像文化公民、性別公民、跨國公民等身分，已從舊時期的公民身分，轉向一個共同體抑或公共領域的概念。

新穎的公民形式，使國家公民角色變得不那麼重要，甚至可以

[25] 錢永祥，〈公共領域的社會基礎〉，李丁讚主編《公共領域在台灣：困境與契機》，頁 153。

跨越國家的存在，找到共同體彼此當中的共享價值。當公民的身分基礎不是國籍，而是跨向更普遍人權或人道，便能擺脫民族國家擬定的疆界的束縛，在共同關心的議題上，找到共生的意義。最激動人心的說法是，只要在疆界內找到有所關聯的根源意義，例如家族聯繫、經濟牽連或文化參與，都應被賦予一定的公民權利。[26]為了避免他者的被排除，有必要建立一種跨文化經驗的共同生活感，因為人們的參與不再是立基於民族或原生文化，相反的是在日常生活世界共享公共空間。[27]公共空間網絡的建立，能促成一種新的公共意見以及新的社群意識，正如以上提及哈伯馬斯的觀點：公民是一個不需要宣稱擁有共同文化認同的政治社群，公民規則起源於承認個人性是社會與文化脈絡的形式，而個人是社會與文化群體的成員。這樣的公民身分才能達致個人平等、民主參與，以及在做任何政治決策時，承認集體之間的差異。[28]

馬華文學長期以來不只糾葛在政治、語言或文學屬性等問題上，對於不同文學群體的思考，較缺乏深層的理解，其中不乏意氣

---

[26] Stephen Castle, “Globalization and the Ambiguities of National Citizenship”, Rainer Baubock and John Rundell edited, *Blurred Boundaries : Migration, Ethnicity, Citizenship*, Austia : European Centre Vienna, 1998, pp.241-242.

[27] Stephen Castle, “Globalization and the Ambiguities of National Citizenship”, Rainer Baubock and John Rundell edited, *Blurred Boundaries : Migration, Ethnicity, Citizenship*, p.242.

[28] Habermas, J. “Struggles for Recognition in the Democratic Constitutional State”, in Gutman, A edited, *Multiculturalism: Examining the Politics of Recognition*, New Jersey: Princeton University Press, 1994, pp.107-148.

之爭。所掀起的文學討論最終總是回到個人層面，難以把一些議題導向文學公共議題的領域，共同爭取作為創作者或作家的權利—自由的創作權。正因為有著較強的我們／他們的區別觀念，在尋找馬華文學身分的正當性時，便有了「有國籍」與「無國籍」尖銳的對立，雙方各執一面。這使我開始思考，在文學共同體中，是否可以尋求超越既定的「公民—國家」關係模式，開拓不一樣基礎結構的文學公民身分，以能超越狹隘的國籍與地方觀念？況且在討論公民身分問題當中，鮮少有觸及「文學公民」的議題，例如：文學公民身分如何確立？誰來擬定其規則？它的責任範疇是什麼？是否如探討現代公民概念般，它有須履行的責任與義務？文學共同體如何建立？在這共同體裡文學公民共同維護的價值又是什麼？以上的問題恰好涉及了文學公民身分構成的條件、規範與價值等方面，雖然目前它只具有複雜又模糊的意義界限，正好提供一個釐清的契機。

有關「文學公民（身分）」作為一種共同體的概念，綜合這幾年的討論和思考，以下嘗試作扼要的解釋：

（一） 有關共同體的構成，以文學和創作為主體，注重書寫與創作的多元參與，以及自主與自由的權利。同時也注重於文學資源的平等分配。其文學公民的屬性，不受國籍的限制，保持一種流動的個性，使人們可以游移在不同文學共同體之間。

（二） 有關共同體的原則秩序，在「創作與書寫」的認知範疇建立一種「創作秩序」，以多元與自由為其最高原則，保障創作者在維護文學共同利益的主觀意願底下，在變動不居的客觀環境中，守護著自由創作的最高理念，以及平等的文學權利（資源或發言）的責任意識。

（三）有關共同體的身分認定，以文學公共權利、權益為優先，確立一定的文學發聲途徑。在這個公共空間，人們因為對文學的聯繫與承諾而凝聚認同感，通過文學來對話，以能產生共鳴與共振的效果，繼而彰顯其「公民性」。

（四）有關共同體的社會關係，在一個強調跨越、多元、流動和差異的互動關係中，作家、作品、評論者和專業讀者，得以建立文學公共社群，打開對話與交流空間，彼此學習如何建立公共話語的理性價值，期許建立一個超越國境並具共生關係的文學圈，貫徹文學公共理性價值。

張錦忠在「如果有個文學的大同世界」一文中曾道說：

> 這個跨國越界的「馬華文學公共空間」，也可以叫做「馬華文學公共領域」或「馬華文學（詮釋）社群」，甚至叫「馬華文學共和國」（我們不是有「在文學的國度」這樣的說法嗎？）也無妨。文學公民當然可以是（或本來就是）不同政治實體的國民，但作為「馬華文學公共空間」的參與者，他們的身分就是「馬華文學公民」。
>
> 於是，沿著這樣的思考脈絡，我們也可以提出「馬來文學公共空間」、「中國文學公共空間」、「法國文學公共空間」、「科幻文學公共空間」、「尼加拉文學公共空間」等等等等「文學公共空間」，而「馬華文學公共空間」的文學公民也可以同時擁有「非洲文學公共空間」、

> **「情色文學公共空間」、「同志文學公共空間」等等等等文學公民身分，只要我們善盡這些無國界文學國度公民的義務與責任。這樣看來，一個「文學聯邦」或文學的「大同世界」（the commonwealth of literature）就在我們眼前呢。**[29]

有關文學公民的提法，確實有些接近大同世界的理念，但並非直接等同「文學大同世界」。這主要是「馬華文學公民」的原生理念，是試圖超越國籍與疆界的限制，在論及旅台和在地作家的二分觀念中，找到一個包含二者又超越二者分歧的一個視野。換言之，文學公民雖維繫著一些普遍價值意識，但它若進入各不同地方的文學脈絡，必有不同文學群體所欲超克的難題。換言之，文學公民的終極目標不在於「公天下」（如果文學共同體也可是一種天下的縮影），而是如何營造文學的公共理性，以及讓原本屬於私密性的文學書寫，具有和大眾溝理的可能。這樣的論說，並不是主張「文學人」應該也是「公共人」，而是思考是否能在文學中找到某種公共話語，類似的公共話語必然和文學的現實意識有所溝通。

馬華文化人張景雲曾評論說：

> **以馬華文學和馬華作家的公民性、公民身分這套核心子觀念（以之為關鍵語）為出發點，進行開發一個她所說的馬華文學（如何）建立公共語話，以探討形成一套理性溝通與實踐**

---

[29] 張錦忠，〈如果有個文學的大同世界〉，《時光如此遙遠》（八打靈：有人出版社，2015），頁 55-56。

> 的理論，而這些都不是傳統文論（文學批評、文學史和文學理論）的關注點。這篇論文把有關馬華文學的研究，從內質的探討導向外延的（政治學的/社會學的/甚至文化人類學的）探討，而在這樣的事功之中也就毫無分際痕跡的將之納入了「當代文化研究」的範圍裡。就它本身的作為來說，這是一種學科（或亞學科或學科領域）建立的工作，就其關係而言，這是在努力擴展當代文化研究的學術思想版圖的工作。[30]

張景雲認為「提出若干關鍵詞，如文學公民、公共話語、國家暴力等，這猶如在建築物藍圖上規定了象徵實物的範圍和輪廓，何處為外牆，何點為礎柱或楹樑」，是旨在「以探討形成一套理性溝通與實踐的理論」。從這裡可延伸思考的是：文學如何溝通，文學如何實踐？從這個角度而言，作品、論述、文學行動等，文字的、語言的、身體的，都可形成一個溝通與實踐的機制，讓文學具有可溝通與被辨識的「公共性」。

四、結論：在退化年代重新學習

在今日多媒體的年代，面對不同的新媒體如臉書、推特、部落格等，打開了更廣大與世界聯繫的方式，也創造出更多的對話與互

---

[30] 張景雲，回應魏月萍〈文學、共同圈、公共話語——馬華文學公民（性）實踐理論建構〉一文，宣讀於「民主治理與公民社會國際學術研討會」，2013年10月。

動場域。但相對的，如何建立理性、尊重與包容的溝通，真實抱持理解的努力，並準備隨時自我調整，已呈現一種退化與封閉的取向。在虛擬空間的眾聲喧嘩，喻示了「公共感」的失落，個人退居至只堅守自己的立場，而不願意傾聽，凝視他人的觀點或生命故事。我們需要在公共領域裡重新學習，如何利用不同的媒介來參與公共事務，同時釋放受國家控制的發言權利，在文學公共領域建構的新的身分——「文學公民」。文學公民是一個公共文學社群的概念，彼此之間的「公民感」（社群感）乃以作品、批評或論述為主要媒介，並具有參與和介入公共討論的意願。這樣的公共參與，遵守公共話語的理性價值，如不任意剝奪別人的發言權。此外，文學的情感可以轉換成被認識的公共形式，個人的主體感受可以產生公眾聯繫。在這樣的基礎上，公共性和公民性才具有等值的意義，在相同的軌道上維護理性價值以及擁有自由表達的平等權利。

† 本文曾宣讀於「民主治理與公民社會國際學術研討會」，2013 年 10 月。修訂於 2018 年 12 月。

崩解的認同：
「馬華」與中國性、中華帝國的知識論述

《中國尾聲：霸權、帝國與後殖民想像的間隙》[1]像是一部懺悔錄，林玉玲採取自剖式的經驗敘述，把自我主體和經驗對象並置在一個大鏡子中，形成相互映照，多重折射的層次關係。無論是面對作為帝國的英國、美國或逐漸「膨脹」[2]的中國，字裡行間所展露的清醒、自悔，感嘆，甚至是無意識的自責，都蘊含一種特殊的

[1] 林玉玲（Shirley Geok-ln Lim）著，王智明譯，《文化研究》第 21 期，台北：交通大學出版社，2015 年，頁 206-225。

[2] 韓國學者白永瑞對「帝國」具有獨特的定義，如他所說：「將帝國規定為，擁有廣闊的統治領域，同時常常表現出對外膨脹傾向的廣域國家。因為統治領域寬廣，所以帝國具有統合多種異質性（heterogeneity）的寬容（或包容）原理。簡言之，帝國性的特點是寬容與膨脹」，〈中華帝國論在東亞的意義：探索批判性的中國研究〉，《開放時代》2014 年第 1 期，頁 80-81。

敘述口吻——時間的聲音、歷史的拷問，還有性別自覺的低音，穿透於文字，堪可視為「抒情的批判書寫」。這樣一種聲音情感的表現形式，不僅透露了作者個人的生存和思想狀態，而其看待事情的辯證視野，打破固定的視點，也說明相續並行又斷裂轉化的歷史觀，並一再向我們論證——過去即是當下。

過去在讀林玉玲的訪談和詩，已發現她具有很強的辨證思維，像《護照詩》所表現的「此地」與「彼地」，以及「這裡」或「那裡」的主體浮動狀態，都指向無法在某地擁有確切歸屬的感受。[3] 自身的身分認同和文化歸屬，也無法和自己的文學創作清楚切割，因為身分、文化和語言，已然是一種政治性關係的存在。因而在梳理「恢復認同」時，在指認中所產生的斷裂，在懷舊中的意識記憶錯置等悖理，種種的張力和內在衝突，或是促使她覺得有必要釐清困綁在生物性後裔，抑或意識型態認同等糾葛的主要原因。

我所感興趣的，是她自省式的知識論述方式，從自我和殖民語言關係的檢視，到土生華人的「華人認同」，再轉向批判當下中華帝國的霸權和擴張行為。這暴露了從殖民歷史經驗的帝國，到當下現實的帝國形態，應當如何檢視，如何批判二者互為關係的問題。當中不乏涉及華人性、中國性以及中華帝國的問題。就前者而言，如澳洲學者洪美恩（Ien Ang）所說，「華人性」並非是對自然現實的單純反映，反之它乃維繫於個人的知識與經驗，包括對世界的理

---

[3] 這也是為何林玉玲認為「她的作品就是她的護照，她的作品屬性就是她的國籍」，請參魏月萍，〈我不在家國——馬華文學公民身分建構的可能〉，《思想》（台北：聯經出版社，2014）。

解，這一些都將影響對自身華人性的辨識與建構」，[4]作為「土生華人」的林玉玲，如何辨識其華人性以及中國性的體驗？另外，韓國學者白永瑞曾提出以「帝國」的視角可以加深對現代中國的認識，林玉玲又如何從書寫的中國，繼而進入「再次」帝國化的中國，兩者的關係是什麼？其中可深思和開拓的討論面向是什麼？

非自然情感認同的抗拒

在馬來西亞華人社會（以下簡稱馬華），縱然被稱為「華人」，但那其實是一個異質的社群，所謂的「華人性」並非是不言自明，而它和「中國性」之間更存在千絲萬縷的關係。在馬華中文社群，對於這兩者的討論不陌生，尤其是黃錦樹在一九九〇年代出版的《馬華文學：內在中國‧語言與文學史》和《馬華文學與中國性》這兩本書，基本上檢視了馬華文學／文化的中國性，以確立文學／文化本身的主體。扼言之，黃錦樹旨在處理「內在的中國」和「失語」的問題，探索因移民歷史而形成的「移民後裔」心理和精神結構，藉此說明為何無數人被困在一個叫做「中國」的鐘樓。如黃錦樹所說：

> 對於文學創作者來說，情況更為複雜。如果他循著中國文字去追溯中國文化傳統，去追尋那一整套象徵系統，他就

[4] Ien Ang, "Can One Say No to Chineseness : Pushing the limits of the Diasporic Paradigm," *On not Speaking Chinese : Living between Asia and The West*（London: Routledge, 2001）, p.39.

> 必須去面對一個符號構成的中國，它因為文化和歷史的積澱而幽深綿遠，難以窮盡。透過每個華人經由想像、感覺、感情、知識和哲學的內在組合，相對於現有方位地理、貧窮而神秘的共產中國，筆者稱之為「內在中國」。[5]

在近二十年後重讀這一段文字，訝異的是二人的敘述語調竟高度的相似。縱然論述主場（旅台 vs. 旅美）、身分歸屬（華人 vs. 土生華人）、文化視角（文化鄉愁 vs. 物質文化）和中國認識（共產中國 vs. 帝國中國）等有所差異，而後者更在跨國和全球框架底下，覆述如何經由一種「歷史的訴說」，被迫參與一個「幻象化」的「中國」建構，透露出對殖民經驗更深刻的反思。同時意識到通過「歷史中國」的記憶連接，對於華人性的歸屬將產生召喚力量，可說和黃錦樹早期的問題意識產生共振作用。[6]二十年前的黃錦樹和二十年後的林玉玲，彷彿重新回到一個起點，不約而同叩問和質疑：華人／土生華人的身分到底是什麼？「中國」到底意味著什麼？

這其實點出了難題，首先是認同的基準問題。馬華社會很早便開始有關華人認同的討論，例如曾有知識人提出「華語」和「方

[5] 黃錦樹，《馬華文學：內在中國‧語言與文學史》（吉隆坡：華社資料研究中心，1996），頁 85。

[6] 黃錦樹在早期文章〈神州：文化鄉愁與內在中國〉即已指出旅台的學子被編入「僑生」身分，遭喚醒祖輩和自身的歷史記憶，並且經歷一個文化與政治上的「重新中國化」，但那樣的「中國」只是意識形態上的建構，是外化了的內在中國。見《馬華文學：內在中國‧語言與文學史》，頁 86。

言」是構成華人性要素之一。[7]但這樣的認同基準仍有困難，華人社會當中各有不同教育、宗教和文化習俗等，多元和混雜的性質，無法輕易劃分出「誰是華人，誰不是華人」。其次，是如何安頓土生華人身分？「華人」的身分不是鐵板一塊，「土生華人」又何嘗不是。舉例而言，吉蘭丹的土生華人不是以血緣關係來定義其身分，而是以「馬來化的生活特徵」為標準。陳志明早期的研究，則指出馬六甲土生華人和華人社群的密切關係，並認為雖無法說華語，但仍傳承和實踐中華文化的風俗和祭祀。[8]不過誠如廖建裕所指出：

> 特別是二十世紀末到廿一世紀初，「土生華人」的傳統義已不再合適，這是因為「土生華人」群體已逐漸走向瓦解，甚至是失去了其馬來化特征。他們變得更加西化／現代化，或是更像華人。事實上，這名詞逐漸傾向於混血兒的定義，以涵蓋更廣義的華人社群。[9]

---

[7] 孫和聲，〈何謂華人——略論華人的認同基準〉《華人文化述評——兼論東西文化、宗教與人生》（吉隆坡：燧人氏出版社，2007），頁 7，作者也提出有關「馬來人」的認同基礎在於伊斯蘭教、馬來語文和馬來風俗。又見〈馬來人釋義〉，頁 134。

[8] 陳志明在研究峇峇文化時，曾警惕不能理所當然把「文化認同」和「族群意識」等同，不能以文化特徵來決定族群認同。換言之，對華人性和中國性的追尋，並非為確立其「華人」的族群身分。參陳志明，〈峇峇文化研究：啟發與反思〉，《馬來西亞華人研究學刊》第 16 期，2013 年，頁 161-174。

[9] Leo Suryadinata, *Peranakan Chinese In a Globalizing Southeast Asia*（Singapore: Chinese Heritage Centre, 2010）, p.3.

這樣的考察結果，不但加劇原本屬於「混血」土生華人辨識方式的難題，也點出長久以來「土生華人」的歧義。[10]

林玉玲對於土生華人辨識方式之一，在於追問是否具有一個文明 DNA 來區別華人和非華人，或可通過「先祖根源」概念的追溯，重建自己和中國的文化紐帶和認同意識。可是在試圖「恢復認同」過程中，她卻再次意識到歷史和記憶的召喚，華人認同和中國認同的互為關聯，使她轉向反駁一種民族和生物性遺傳的認同，並將之視為政治和意識形態的建構。從中可感受矛盾的張力，即一方面從殖民經驗反思被剝奪的語言和文化，一方面在追尋中又有抗拒，因為二者都是一種強大的壓迫力量，通過有形或無形的強制力量，把人收編在特定的認同結構，都是屬於非自然情感的認同。

「中華帝國」的想像

另一個有意思的地方，是有關「馬六甲的中國」。林玉玲認為它是「文明霸權，也是帝國歷史的潛在幽魂」，於此發現在後殖民論述下被遮蔽的帝國形態，而中國已然是一個現代的帝國，緊緊抓著香港和台灣不放。近年來白永瑞提出「作為帝國的中國」，把它視為一種方法視角，來檢視帝國和周邊國家的相互作用，或可以和

[10] 廖建裕認為土生華人難以有一致的定義，他們自覺和中國移民不同，尤其是自我感知的差異。參 Edited by Leo Suryadinata, *Peranakan Communities In The Era of Decolonization and Globalization*（Singapore : Chinese Heritage and NUS Baba House, 2015）, p.xii.

林玉玲的中華帝國互為參照。白永瑞說：

> 帝國的基本結構是中心與周邊的支配—被支配的關係，但兩者的關係是通過雙方向的對抗與變化來完成的。（在帝國主義的描述中，我們經常可以看到帝國主義國家對其殖民地的單方向的影響，但在帝國中，中心與周邊的關係不是這種單方向的關係。）即使龐大的中國與周邊國家的關係是不對稱的，但作為其中一方的弱小國家的作用也是不容忽視的。[11]

白永瑞的觀察分析，是在「韓國—中國」關係中來檢視，並提出「雙邊視角」的看法。他一方面固然承認中國對韓國展現的帝國姿態，但更不可忽視的，是提醒邊緣對中心所可能產生的作用和影響。白永瑞採取「方法的中國」的認識框架，雖然不能和林玉玲的「實體的中國」直接對比，但二者並非完全割裂不相干。「歷史的中國」、「現實的中國」需要「方法的中國」作為中介，來超越其二分法的認識，例如白永瑞進一步所說：「同時了解其外部的鄰居他者與內部的他者」，以達到一種具普遍性的溝通成效。

這樣的溝通普遍性能否有使力處，或在於已具有帝國基本結構的中國，如何自覺承擔其作為大國的責任，而非塗抹化妝為另一種形態的殖民主義。林玉玲崩解的認同意識，使她開始從中國性／華人性想像慾望中抽身而出，繼而通過詩的敘述能力，有力的批判意

---

[11] 白永瑞，〈中華帝國論在東亞的意義：探索批判性的中國研究〉，《開放時代》2014 年第 1 期，頁 82。

識形態和霸權的中華帝國。

「馬華」可否作為一種方法？

近年來馬華社會已自覺需要從知識和情感二者，對「中國」進行反思，皆因中國正藉由龐大的硬實力或軟實力力量，介入馬來西亞的公共和文化事務，例如中國駐馬來西亞大使館對公民團體舉行聲援劉曉波講座的關切，或通過大眾傳媒重塑華人的文化記憶和中國形象。有學者指出在馬來西亞頗受歡迎的中央電視台和鳳凰台等，不時鼓吹「神州中國」的文化形象，重建華人世界對中國的情感紐帶，莫不有修復認同的作用。[12]

馬來西亞華人對於「中國」，有著複雜的分歧認同，本著族群文化和情感，老一輩華人對中國有執著的認同意識。但年輕一輩，在身分認同上，尤其受到港台運動的影響，相較於中華帝國的概念，目前或更受「大中華膠」意識的影響。「中華膠」本是廣東話，即指執念於認同中國的左傾人士，這個說法在香港雨傘運動中大量被使用。但這樣的詞彙輸入到馬華社會，並沒有在馬來西亞政治文化脈絡，獲得進一步的釐清，實無助於從更深層的反思中國和自身的關係，抑或梳理對中國所產生的各種情緒或情感，以致形成「擁中」和「反中」的二分模式。這可理解普遍華人對於如何處理

[12] 黃國富，〈文化冷戰下的邵氏電影與中國想像〉，《當代評論》（吉隆坡：林連玉基金會，2015），頁 7。

自己和中國的關係，以及理解中華帝國夾帶著硬軟實力所可能起著的影響，仍缺乏一套檢視的方法視野。

林玉玲的反思，再次論證文學書寫是「馬華」身分記憶梳理重要的憑藉，無論是「華」與「不華」，任何一種稱謂都指向它的流動、混雜、多元的特質。同時警惕在後殖民情境各種蠢蠢欲動的帝國慾望，如何挪用歷史和情感記憶役使更多帝國建構的參與者，才能洞見帝國的鬼魅在古老的靈魂裡徘徊。

† 本文原發表於《文化研究》，新竹：國立交通大學出版社，2015 年 12 月。

告別與認據：
砂華文學的聚落與離散場域

告別與替代認同的建構

「砂華文學」這個名稱最早見於五〇年代。那時反殖反帝氣氛嚴峻，東南亞各地紛紛爭取獨立或自治，砂拉越華文文學自然脫離不了當時的政治與文化氛圍，尤其是砂拉越左翼報紙與刊物十分蓬勃，無論是報紙副刊或文學創作都具有濃厚的左翼色彩，作家們關注邊緣人物、低下層人民以及勞動階層等弱勢群體。讀田農所編《馬來西亞砂拉越戰後華文小說選（1946-1970）》，便可清楚看出五〇、六〇年代文學關注的對象、創作理念以及它所反映出那時代人面對的思想意識與精神狀態。

特別是在砂拉越獨立前後時期，如何處理「認同的選擇」，「回去」或「留下」著實困擾著不少知識分子。那是「北歸」思潮熱烈熾長的年代。不少年輕人受到「祖國」的召喚，欲北上回去參加新中國的建設，但也有一些年輕人開始反思，究竟自己所認同的「祖國」和「母親」是誰？一如巍萌（魏國芳）的《可憐的孩子》，小說中描寫十八歲的阿牛在收到來自彼岸的信後，在北歸與熱愛自己土地之間掙扎，最終選擇留下來。

認同的糾葛，正是意識主體建立的起點，這當中重要的工作，是要處理自己和這塊土地之間的關係，而連接的問題是：該如何認知？如何宣示相互的關係？這時候，人們的感性或許比理性意識起更大的作用，探索與土地的親密性也意味著本土意識的滋長，而一旦確立了祖國對象的認同，告別便成了一種必要的儀式，才能清楚安頓「北望」的心理和精神嚮往。六〇年代「大馬計畫」的合併，更是增添了認同的困擾，不少東馬人在合併中感受淪為二等公民的屈辱感，雖說是脫殖，實際上卻是揉雜創傷的獨立。一直到今日，砂拉越人對「馬來西亞」薄弱的認同，更加強他們對地方的存在感以及地方依戀。

「地方」的依存感寄托著濃厚的「鄉土」意識，這個鄉土可以指向砂拉越，又或婆羅洲。在砂拉越，文學中的鄉土意識，不僅僅只是對地方歷史記憶的整理或紀錄，又或是通過人、景和物，來建立所謂的「在地知識」（local knowledge），它的深層意義恐還包含對「馬來西亞」的內在抗議，因此須弱化與轉化政治上的認同，找到另一種安身立命的替代方案。於是「犀鳥之鄉」成為獨特的心靈和精神圖騰，在無奈被推進建國與合併的強制性認同中，找到自由呼吸的空間，成為寫作人「替代認同」（alternative identity）的精神寄托所在。讀田思《砂華文學的本土特質（評論集）》，以上的思緒紛至沓來，似乎無法輕忽略過。

「書寫婆羅洲」為主體式的書寫認據

在《砂華文學的本土特質》中，「書寫婆羅洲」是貫穿整部書的主要書寫理念。田思在書中說明「書寫婆羅洲」的原意是出自一種有賣點的文學書寫策略或閱讀位置，但我認為這恰恰是建立砂華文學身分認同的書寫方案。文學的身分認同，向來和政治、歷史及文化有多重的交涉，不容易被釐清，而作品本身往往是最好的認證形式。「認證」（identification）需要經過特定的程序，例如必須先進行領域範圍的認據，再宣示某種主體形態，之後再提供一定的書寫方向，例如應該寫什麼、反映什麼。扼言之，「書寫婆羅洲」即是一種主體式的「書寫認據」（claiming for write）。

有趣的是，當書寫認據遇上不同的美學觀念，對於婆羅洲的書寫即發展出多元的書寫形態。婆羅洲作為文化認同的鄉土，會面對書寫者抽離和貼近兩種不同書寫距離的態度。簡單來說「婆羅洲」作為「原鄉的想望」和「生活場域」所投射出的共存與共生感，將反映不同的書寫態度。這不必然直接就是美學意識的差異，而是涉及「鄉土」是「回家」的途徑抑或「在家」核心現場不同的認知方式。

這也迫使我們進一步思考所謂旅台作家「扭曲了婆羅洲的真實面貌」的文學價值判斷，究竟如何把問題轉換至——藉由文學創作提出對「真實的」或「想像的」婆羅洲的思考與反思？「婆羅洲」是一個單數或複數空間的存在？

由此，我們看見兩種迥然不同的文學姿態。可是巧合的是，兩種書寫認據都有共同的指涉，即拒絕承認「馬來西亞」以及提出對「馬來西亞」國家建制的批判，像李永平就不承認馬來西亞，而是認同於婆羅洲。因此在砂拉越，若論及「本土」，不像在西馬，直接就舉出馬華文學或馬華文化，它會牽引出「誰的文學」或「馬華文學」包含了誰、排斥了誰的複雜問題。

超越族群的本土認同

砂拉越學者吳誥賜在〈中文《海豚》中的砂拉越本土認同〉（陳琮淵、吳誥賜合編，《傳承與創新——砂拉越華人社會論述》，砂拉越華族文化協會出版，2011 年，頁 65-74）文中，曾表露非常直接的態度，他引用 Daniel Chew 看法指說：「認同是一個社群對一片土地、政體或生活圈子的態度、看法及情感，它是理性與感性的融合。本土，指的就是婆羅洲，或在本章中所指涉的砂拉越。本土認同或意識，基本上是反殖民主義的，它可以是殖民主義瓦解後所出現的新主體」。田思在書中的「本土」更強調文化自覺，尤其是珍惜婆羅洲的「多元性」，如他所說：「多元民族、多元生態、多元景觀」。在這當中，如何表現與原住民之間相處的友族的愛以及綠色雨林，是兩大主要的課題。而「超越族群」亦是「書寫婆羅洲」的一個特色。

田思在文中把「書寫婆羅洲」的實踐也視為一種文學運動。書寫實踐從雨林、飲食、草木、原住民等，有意從不同文化的遞嬗演變，傳達砂華文學中不同於西馬的文字與文學傳統，並以區域性文學的差異，加強砂華文學的本土特色，形塑出書寫婆羅洲的本土文學聚落與社群認同。

從「書寫策略」、「書寫認據」到「文學運動」，實際上可視為本土認同建構的過程，賦予了「書寫婆羅洲」豐富與多元的指涉與意涵。田思的本土特質的勾勒，無論是自然雨林或山水、小鎮風光與人文風俗，抑或地景或街巷故事等，同步在形構婆羅洲或砂拉越的在地知識。如前所言，書寫認據在劃出一定的界限範圍以後，需要填補本土知識內容，才能提供讀者「指認」渠道，感受其內含的歷史與文化意義。

如此一來，「書寫婆羅洲」可以即是文學的，也是文化的，甚至也可以是政治的。它可以是在地的文學聚落，也可以是不在場的離散場域。它是開放的文學書寫系統，也是多元的認同社群。如此的婆羅洲，才能形成多方對話的文學與文化書寫空間。

† 本文原刊載於《燧火評論》，2014 年 9 月 27 日。

本卷作者簡介

魏月萍，一九七一年生於馬來西亞雪蘭莪州班達馬蘭新村。大學就讀於馬來亞大學中文系，之後赴台留學，於台灣國立大學中文系攻讀碩士。從台返馬後，在報社擔任專題記者與主編，一年多後再赴新加坡攻讀博士，取得新加坡國立大學哲學博士。曾任教於新加坡南洋理工大學中文系，目前為馬來西亞蘇丹依德理斯教育大學中文學程副教授。研究關懷為中國思想史、宋明理學以及馬新華文文學與歷史，尤其關注文學公民與左翼文學的歷史問題。著有臬術專書《君師道合：晚明儒者的三教合一論述》(台灣：聯經，2016)；另與朴素晶合編：《東南亞與東北亞儒學的建構與實踐》（新加坡：八方文化，2017）、與蘇穎欣合編《重返馬來亞：歷史與政治思想》（馬來西亞：亞際書院與資訊與策略研究中心，2017）。